आईना

श्रीनारायण गुरु

के जीवन पर आधारित उपन्यास

आईना

श्रीनारायण गुरु
के जीवन पर आधारित उपन्यास

ए. अरविन्दाक्षन

वाणी प्रकाशन
प्रकाशन के उत्कृष्टतम 61 वर्ष

vaniprakashan.com

सजिल्द पहला संस्करण : 2024

वाणी प्रकाशन

4695, 21-ए, दरियागंज, नयी दिल्ली-110 002

फ़ोन : + 91 11 23273167, 23275710

शाखाएँ

अशोक राजपथ, पटना-800 004, बिहार

कॉफ़ी हाउस कैम्पस, महात्मा गांधी मार्ग, प्रयागराज-211 001, उत्तर प्रदेश

महात्मा गांधी अन्तरराष्ट्रीय हिन्दी विश्वविद्यालय, वर्धा-442 001, महाराष्ट्र

36/ए, शेक्सपियर सरणी, रानी बिरला गर्ल्स कॉलेज के पास, कोलकाता-700 017, प. बंगाल

sales@vaniprakashan.in

vaniprakashan@gmail.com

Aaina

by A. Arvindakshan

ISBN : 978-93-6287-847-2

Novel

मूल्य : ₹ 225

आर. टेक ऑफ़सेट प्रिंटर्स, दिल्ली-110032 में मुद्रित

वाणी प्रकाशन का लोगो मक़बूल फ़िदा हुसेन की कूची से

जाति एक धर्म एक ईश्वर एक
मनुष्य का

—श्रीनारायण गुरु

अगाध तेरा तेज
उस जलधि में हमें
डूबना है जीना है सदा
जीना है जीना है सुख समेत।

1

वह दोस्तों के साथ खेल रहा था। लुका-छिपी का खेल। छुपे हुए लड़कों को जिसे ढूँढ़ना था उसने सबको ढूँढ़ लिया। सब एक जगह इकट्ठे हुए, अब अगली बारी किसकी है? यह तय करना था।

"अरे नाणु कहाँ है?"

"जाओ, तुम्हीं को ढूँढ़ना है।"

खेल में जिसको ढूँढ़ना था वह मुँह फाड़-फाड़कर देखता रहा। जब सभी छिपने जा रहे थे तो उसने नाणु को एक झुरमुट की तरफ़ भागते देखा था। उसकी ज़िम्मेदारी थी, इसलिए वह दुबारा उस झुरमुट की तरफ़ भागा। कुछ देर तक वह इधर-उधर देखता रहा। बीच में वह 'नाणु...नाणु' कहकर पुकारता रहा। पर नाणु का अता-पता नहीं था। हताश होकर वह लौट आया।

सबने तय किया कि कुछ दूर तक जाकर नाणु को सभी ढूँढ़ लेंगे। शाम ढल रही थी। पेड़ों की छायाएँ लम्बी हो चली थीं। पक्षियों की नीड़ों की ओर वापसी का शोर-शराबा था। लकड़ी बटोरकर जाने वाली औरतों ने जब सात-आठ बच्चों को जाते देख पूछ ही लिया–

"कहाँ भागे जा रहे हो? रात होने के पहले अपने-अपने घर चले जाओ।"

लड़कों ने पूछा–

"नाणु को कहीं देखा है?"

"अरे वह तो उस बड़े से पत्थर पर बैठा है; नाणु भक्त जो ठहरा"

औरतों की हँसी फूट पड़ी।

लड़के ख़ुश और उत्साहित हुए। वे उस पत्थर की तरफ़ भाग गये। रास्ता जहाँ मुड़ता है उस मोड़ पर एक बड़ा पत्थर है। लड़कों ने नाणु को देख लिया। सब ख़ुश थे। एक साथ वे पत्थर पर चढ़ गये जहाँ नाणु ध्यानमग्न बैठा था।

सबने एक साथ शिकायत की–

"तुम्हें यहीं आकर बैठना था तो पहले ही बैठ जाते। खेल के बीच इस तरह लापता होना ठीक नहीं हुआ।"

नाणु शान्त था। उसने माफ़ी माँगी। पत्थर से उतरकर सब चलने लगे। सब उछल-कूद रहे थे; नाणु चुपचाप पीछे-पीछे चला आ रहा था।

रात धीरे-धीरे सरकती आ रही थी। नाणु की माँ कुट्टियम्मा ने एक छोटा-सा दीया जलाकर घर के सामने रख दिया। नाणु ने दिये के सामने खड़े होकर प्रणाम किया। उसी मुद्रा में वह लम्बे समय तक खड़ा रहा। कुट्टियम्मा जब दुबारा आयी तब भी नाणु प्रार्थनावत् खड़ा था। अपने में मग्न।

"नाणु बेटे, रात हो गयी है। अन्दर चलो।"

नाणु ने कुछ कहा नहीं।

"तुम्हारे बाबा कह रहे थे कि मामा तुम्हें पूछ रहे थे।"

नाणु ने पूछा, "कोई ख़ास बात है अम्मा?"

"पता नहीं।"

नाणु ने देखा कि कुछ लोग खेत की मोड़ पार करके आ रहे थे। सामने वाले के हाथ में 'चूट'[1] था जिसकी रोशनी से उसे पता चल गया कि बाबा और मामा आ रहे हैं। नाणु फाटक पर आकर खड़ा हो गया। नाणु ने बाबा के हाथ से 'चूट' लेकर उसे मिट्टी में रगड़ना शुरू किया। 'चूट' का जलना अब ख़त्म हो गया।

नाणु के बाबा माटन आशान अन्दर चले गये थे। मामा कृष्णन वैद्य सामने फर्श पर बैठा था। उन्होंने नाणु को बुलाकर पास बैठने को कहा। नाणु की आँखों में उत्सुकता थी। मामा कृष्णन वैद्य उस इलाक़े के नामी वैद्य जी थे। लोग उन्हें मान-सम्मान के साथ देखते थे। नाणु के मन में मामा के प्रति आदर था।

"नाणु बेटे, सुना कि आज भी तुम उस बड़े-से पत्थर पर चढ़ गये थे।"

"जी"

"क्या अकेले बैठना तुम्हें अच्छा लगता है?"

---

1. चूट : नारियल के सूखे पत्तों को बाँधकर चूट बनाया जाता है जिसको जलाकर रात को लोग चलते हैं।

"जी"

"ऐसा क्यों?"

"मामा, आज मैं दुखी था।"

"इस छोटी आयु में, जो खेलने-कूदने की है, तुम दुखी? दुख बड़ा शब्द है बेटे। तुम खेलो-कूदो और सुख से रहो।"

"नहीं मामा, बाहर मैं जो देखता हूँ वह मुझे दुखी बनाता है।"

"ऐसी क्या बात है भला?"

नाणु ने कोई जवाब नहीं दिया। उसकी आँखें नम थीं और गीली भी।

नाणु को रोते देख मामा कृष्णन वैद्य गम्भीर हो गये। उन्होंने उसे अपने पास बिठाया। उसके बालों में हाथ फेरा और प्यार दिया। इस बीच नाणु ने अपने आँसू पोंछ लिए।

"क्या बात है बेटे?"

"आज मैंने एक दृश्य देखा। मैं खेत के बीच वाले तालाब में नहा रहा था। खेत के उस पार के रास्ते से होकर करुप्पन भाग रहा था। कुछ दूर भागने के बाद वह छिप गया। मैंने देखा कि दो लोग आ रहे थे। उनके जाने के बाद करुप्पन बाहर आया। मैंने उसे बुलाया। पर वह मेरे नज़दीक नहीं आया। एक ख़ास दूरी पर वह खड़ा था। मैंने उसे पास बुलाया, लेकिन आया नहीं। "तम्प्रा,[1] आप चले जाइए।" उसने कहा।

नाणु चुप हो गया।

"बेटे, हमारे यहाँ कुछ ऐसी रीतियाँ हैं, जो सरासर ग़लत तो हैं, जो लम्बे समय से चली आ रही हैं। उस कारण से निम्न कहे जाने वाले जात का आदमी उच्च कहे जाने वाले जात के आदमी के सामने जा नहीं सकता है।"

"छुआछूत की प्रथा का यह दुष्परिणाम है।...तुम दुखी मत हो।"

मामा के जवाब से नाणु ख़ुश नहीं था। वह चुपचाप अन्दर चला गया। माटन आशान कृष्णन वैद्य के पास आकर बैठ गया और चिन्तित होकर कहने लगा–

"भैया मैं नाणु के आचरण से आशंकित हूँ। यह हमेशा अकेले ही रहना पसन्द करता है। दोस्तों के साथ उसका खेलना-वेलना होता है। परन्तु तुरन्त वह कहीं जाकर बैठता है। कहीं घण्टों बैठता है। उसके दोस्त मज़ाक़ में उसे नाणु भक्त कहते हैं, लेकिन मुझे डर लग रहा है। इस कम उम्र में...।" माटन आशान दुखी थे।

कृष्णन वैद्य ने उसे अपने को क़ाबू में रखने को कहा। उसके बाद कुछ सोचते

---

1. आदरसूचक सम्बोधन। 'तम्प्रा' शब्द तम्पुरान (यानी ईश्वर) से तद्भवित है।

हुए वैद्य ने कहा, "मैंने नाणु की पढ़ाई के बारे में कुछ सोचा है। उसे मैं वारणप्पळिळ भेजना चाहता हूँ। मेरी बात हो चुकी है।"

"पर भैया ख़र्चा?"

कोई ख़र्चा-वर्चा नहीं। वारणप्पळिळ परिवार के सदस्य ख़ानदानी लोग हैं। अमीर हैं। उनके यहाँ कई परिवारों के बच्चे पढ़ाई के लिए जाते हैं। उनका खाना, पीना और रहना वहाँ होता है। कई विषयों के गुरु लोग भी वहाँ रहते हैं। नाणु तो वैसे ही मेधावी है। उसके लिए वहाँ कोई कठिनाई नहीं होगी। पढ़ाई में जब वह ध्यान देने लगेगा तो उसका यह एकान्त समाप्त हो जायेगा।"

"भैया, आप ठीक सोच रहे हैं।"

2

वारणप्पळिळ–
कम समय के अन्दर नाणु अपने सहपाठियों के बीच में ही नहीं बल्कि गुरुओं के लिए भी प्रिय हो गया। नाणु मेधावी और परिश्रमी छात्र था। साथियों के साथ उसका स्नेह प्रकट था। गुरुओं के प्रति उसका आदर भाव निष्कपट था। साहित्य सम्बन्धी बहस में जब कोई बात निकल नहीं आती तो नाणु की बात अन्तिम मानी जाती। दर्शन को लेकर जब वाद-विवाद होते तो नाणु का तर्क अन्तिम माना जाता। यहाँ तक कि छात्रों के बीच के झगड़े नाणु की वजह से ख़त्म हो जाते थे।

वारणप्पळिळ परिवार में कई गायें थीं जिनकी देखभाल के लिए 'पुलया' जाति के लोग आते थे। छुआछूत की प्रथा का वे सही-सही पालन करने वाले थे। उन पुलया युवाओं में एक का नाणु के प्रति ज़्यादा ही आदर था। नाणु भी उससे प्रेम रखता था। इतने पर भी वह नज़दीक नहीं आता था। लेकिन नाणु उसे आत्मीयता के साथ अपने पास बुलाता था और उनके बीच बातें होती थीं।

युवा होने के बावजूद उसके चेहरे पर दुख झलकता था जिसे देखकर नाणु भी चिन्तित था।

एक दिन बड़े प्रेम से नाणु ने उससे पूछा–

"तुम इतना मायूस क्यों हो, कुंजु?"

"कुछ नहीं तम्प्रा।"

वह कुछ छिपा रहा है; नाणु को ऐसा ही लगा।

प्रणाम करके कुंजु चला गया।

उस बीच उसका आना बन्द हो गया। सभी पुलया युवाओं से नाणु ने कुंजु के बारे में पूछा। किसी ने कुछ नहीं बताया।

वारणप्पळिळ परिवार के सबसे बुजुर्ग विद्वान और नाणु के बीच बातचीत हो रही थी। उन्हीं के मुँह से नाणु को मालूम हो गया कि कुंजु कोढ़ग्रस्त हो गया है।

उसके समाज ने कुंजु को बहिष्कृत किया है। नज़दीकी रिश्तेदार भी उसके पास बहुत कम जाते हैं। अगर किसी ने खाने की चीज़ दूर कहीं रखी तो उससे वह अपना पेट भरता है।

दोपहर के बाद नाणु पुलया[1] बस्ती की ओर चल पड़ा।

बस्ती के कुछ दूर पर एक टूटी-फूटी 'चाला'[2] थी जिसमें कुंजु रहता था।

नाणु को देखते ही कुंजु घबरा गया।

"कुंजू, तुम्हें क्या हो गया है?"

कुंजु रोने लगा।

नाणु उसके पास बैठ गया।

"यह कपड़ा मैं तुम्हारे लिए लाया हूँ। इस बोतल में एक ख़ास क़िस्म का तेल है। हर रोज़ इसका इस्तेमाल करना। ये कुछ पत्ते हैं जिन्हें पानी में डालकर उबालना चाहिए और उस गरम पानी से तुम रोज़ नहाया करो। तुम्हारी बीमारी धीरे-धीरे ठीक हो जायेगी। अब रोना-धोना नहीं।"

नाणु चलने को हुआ। वह कुंजु के सामने खड़ा था। कुंजु ने नाणु के चेहरे की ओर देखा। आँखें देखीं। निर्मल-सी मुस्कान उस चेहरे पर थी और आँखों में भी।

कुंजु को लगा कि उसने अपने जीवन में पहली बार एक मनुष्य को देखा... नहीं, नहीं...एक देवता को देखा है। कोढ़ से त्रस्त उसके चेहरे पर भी निर्मल-सी मुस्कान छा गयी।

---

1. पुलया–एक अनुसूचित जाति जिसके सदस्यों को दूसरों से सबसे ज़्यादा दूर रहना पड़ता था।
2. चाला–ताड़ या नारियल के पत्तों से बनी झोंपड़ी।

3

नाणु सोच रहा था–

इन्सान अपने आपको अक्लमन्द समझता है; जीवन-मूल्यों का संरक्षक समझता है। यही इन्सान अपने को ईश्वर की सन्तान समझता है। यदि यह सच है तो यह अस्पृश्यता क्यों, भेदभाव क्यों?

अपने एकान्त में नाणु इस तरह की बातें सोचता रहता।

विरक्ति का भाव उसके हृदय में बढ़ता रहा। इन्द्रिय सुख से मुक्त होना है, नाणु ने सोचा।

परन्तु जीवन के अलग-अलग प्रकार के दुखों को मिथ्या समझना क्या ठीक होगा? कुंजु की बीमारी। उच्च कहे जाने वाले लोगों की निम्न कहे जाने वाले लोगों के प्रति क्रूरता...

'पुलया' या 'परया' जाति के लोग ईऴवा जाति के लोगों से दूर रहते हैं, ईऴवा जाति के लोगों को नायर जाति के लोगों से दूर रहना है। नायर जाति के लोगों को ब्राह्मणों से दूर रहना है। उसके निश्चित नियम हैं। दूरी सम्बन्धी नियम भी हैं। ब्राह्मणों को आते देख दूसरे समुदाय की औरतों को अपने सीने से कपड़ों को हटाना पड़ता है।

नाणु का हृदय काँप उठा। क्रोध का भाव उसके चेहरे पर छा गया।

उसने सोचा–

मिथ्या क्या है? यथार्थ क्या है?

उसके हृदय में अँधेरा छा गया।

नाणु अपने अन्तर्मन से संवाद कर रहा था–

मैं सभी मिथ्याओं से मुक्ति चाहता हूँ।

क्या यह मेरा स्वार्थ है?

जब आसपास का जीवन कई प्रकार की कठिनाइयों से जूझ रहा है तो मेरा अपना मन इस तरह क्यों उलझ रहा है।

मेरे मन का प्रकाश के लिए छटपटाना ग़लत नहीं है। वह परम के प्रकाश के लिए छटपटा रहा है। वही एकमात्र सत्य है।

आसपास की कठिनाइयाँ, ख़ासकर जाति केन्द्रित समस्याएँ, ग़रीबी आदि मनुष्य द्वारा निर्मित हैं। मनुष्य ही उसे ठीक कर सकता है।

मनुष्य के नाते मेरा जीवन इसके लिए समर्पित होगा।

जब मनुष्य जन्म लेता है तो वह स्वतन्त्र है। आगे का उसका जीवन भी स्वतन्त्र ही रहना है। उसकी स्वतन्त्रता को छीनने का हक़ किसी को नहीं है।

इस दुनिया में–

सिर्फ़ एक ही जाति है।

सिर्फ़ एक ही धर्म है।

सिर्फ़ एक ही ईश्वर है।

दूरियाँ मनुष्य ने निर्मित की हैं। यदि ईश्वर ने मनुष्य को कुछ दिया है तो वह स्नेह है। फिर दिया है अक्ल।

स्नेह रोशनी है। अक्ल भी रोशनी है।

उस स्नेह के पीछे नाणु का मन भटक रहा था।

मनुष्य अक्ल का उपयोग क्यों नहीं कर रहा है?

अस्वस्थ होने से नाणु को अपने गाँव चेम्पळन्ति लौटना पड़ा। मामा ने उसका इलाज किया और वह जल्दी ही स्वस्थ हो गया।

कुट्टियम्मा ने अपने पति माटन आशान से दुख के साथ कहा–

"हमारा बेटा हमसे अलग होता जा रहा है।"

"तुम सही बता रही हो। उसकी शादी की जानी चाहिए। भैया से भी हम बात करेंगे।"

"एक बार शादी हो जाये तो वह जीवन की ओर लौट आयेगा।" कुट्टियम्मा ने कहा।

"पहले नाणु को एक काम की ज़रूरत है। बचपन से ही उसका स्वभाव है कि जो वह जानता है उसे दूसरों को बता देता है। उस काम में वह समर्थ भी है।"

घर के पास ही एक पाठशाला खोल दी गयी। यह बच्चों की पाठशाला थी। नाणु अब 'नाणु आशान'[1] बन गया।

इस पाठशाला में ईऴवा जाति के बच्चों को ही प्रवेश मिलता था। लेकिन नाणु आशान इससे सहमत नहीं था। और भी कई बच्चे हैं जिन्हें निम्न कहकर अलग किया गया है। एक श्रेष्ठ गुरु इसे बर्दाश्त नहीं कर सकता। पाठशाला जो है वह विद्या का केन्द्र है। विद्या के केन्द्र से ज्ञान का प्रकाश फैलता है। वह सबके लिए समान है। सबके हृदय में इस ज्ञान प्रकाश को बिखेर देना गुरु का कर्तव्य है। नाणु आशान निम्न कहे जाने वाले लोगों की झोंपड़ियों में जाने लगा। उन बच्चों को नाणु आशान ने प्रवेश दिया और पढ़ाने का कार्य शुरू किया। इससे ईऴवा समाज के लोग ही नहीं स्वयं उसके माँ-बाप भी नाराज़ हो गये थे।

संयम के साथ नाणु आशान ने उन सबका सामना किया।

नाणु आशान दृढ़ चित्त था।

"शिक्षा प्रदान करना कोई ग़लत काम नहीं है।"

"साफ़-सफ़ाई का पाठ पढ़ाना बुरी बात नहीं है।"

"जब एक निम्न समाज शिक्षित होता है, सफ़ाई का पाठ पढ़ता है तो उसका फ़ायदा समाज को है।"

"यह एक गुरु का कार्य है।"

जब नाणु आशान अपनी बात रख रहा था तो सभी लोग उसके चेहरे को ताक रहे थे।

सब चमत्कृत होकर उसको देख रहे थे। एक दिव्य-सी शक्ति से उसका मुख शोभित था।

जो क्रोधित थे वे चुपचाप वापस चले गये।

अंचुतेंङ्ङु नामक गाँव में नाणु आशान की नयी नियुक्ति हुई। वहाँ की पाठशाला में वह अध्यापक बनकर चला गया। नाणु आशान के परिवार वाले ख़ुश थे।

नयी जगह है। निम्न कहे जाने वाले लोगों के बीच उसका उठना-बैठना समाप्त हो जायेगा। नये काम में जब वह लग जायेगा उसका एकान्तवास भी समाप्त हो जायेगा।

सबसे बड़ी ख़ुशी उनकी यह थी कि माटन आशान की भांजी की लड़की बड़ी हो रही थी। यौवन के वसन्त में वह क़दम रखने वाली ही थी काळियम्मा का सहवास उसे मिल जायेगा।

---

1. 'आशान' याने अध्यापक।

परिवार के सभी बड़े लोगों ने तय किया कि उसका विवाह होना है। यह अनिवार्य है। नाणु के विरक्ति-भाव को अनदेखा किया जाना ही उचित है। कुछ युवा बचपन से अन्तर्मुख होते हैं। नाणु की अन्तर्मुखता भी सहज है। वैवाहिक सम्बन्ध उसके लिए उचित उपचार है।

सभी एकमत थे।

नाणु का विवाह तय हो गया। माटन आशान की भांजी की बेटी काळियम्मा बहु है। सगाई के लिए लड़के या लड़की से सहमति लेने की कोई बात नहीं थी। घर के बड़े लोग विवाह तय करते हैं, लड़का स्वीकृति देता है।

विवाह में दूल्हे का जाना भी ज़रूरी नहीं है। बड़े लोग दुल्हिन के घर जाते हैं। दूल्हे की बहिन 'पुटवा'[1] देकर दुल्हिन को ले आती है। विवाह सम्पन्न हो जाता है।

विवाहित होने से नाणु आशान ख़ुश नहीं था। नाख़ुशी दिखाने लायक भी नहीं थी। उसका हृदय समुद्र की तरह दोलायमान था। परम सत्य की खोज में लगा व्यक्ति सांसारिक बन्धनों में पड़ा है। हे ईश्वर, यह कैसा जादू है जिसने मुझे एक युवती का पति बना दिया है। उस युवती के साथ, हे ईश्वर, मुझे अन्याय करना पड़ रहा है। वह ज़रूर दुखी होगी। क्या इसे नियति का खेल कहें या और कुछ?

विवाह के बाद नाणु आशान का घर आना कम हो गया। कुछ दिनों के बाद वह दुल्हिन के यहाँ गया।

बड़े ही संयम के साथ, अपनी विह्वलताओं को छिपाकर, नपे-तुले शब्दों से दुल्हिन के घरवालों से नाणु आशान ने कहा–

"मेरे जीवन का एक लक्ष्य है, भले ही वह स्पष्ट नहीं है। इस लक्ष्य को प्राप्त करना ही मेरा उद्देश्य है। उसमें मेरा कोई स्वार्थ भी नहीं है। मैंने अपने जीवन को दूसरों के लिए समर्पित किया है। इसलिए वैवाहिक जीवन में मेरी रुचि नहीं है।"

अपनी बात को वह आगे बढ़ा नहीं पाया। उसका गला रुँध गया और उसका सिर झुक भी गया।

चुपचाप वह उस घर से बाहर आया।

---

1. 'पुटवा' केरल की विशेष प्रकार की साड़ी।

4

घर...

परिवार...

पत्नी...

तीनों से नाणु आशान अलग हो गया।

इस बीच माँ-बाप का देहान्त हो चुका था। मामा कृष्णन वैद्य अस्वस्थ रहने लगे थे।

सबको छोड़ना था।

नाणु आशान ने अनुभव किया कि उसकी आँखें गीली हो रही हैं।

"क्या मैं रो रहा हूँ?"

उसके क़दम आगे नहीं बढ़ रहे थे।

"क्या मैं सचमुच जाना चाहता हूँ?"

पत्नी को उसने देखा तक नहीं।

"फिर भी इस समय उसके बारे में मैं क्यों सोच रहा हूँ?"

माँ-बाप बहुत चाहते थे कि नाणु एक अच्छा गृहस्थ बने। वयलवारत्तु परिवार का नाम हो और न जाने क्या-क्या।

"उनके बारे में मैं सोच क्यों रहा हूँ?"

"मामा की अस्वस्थता बढ़ती जा रही है। उनको मेरे सहारे की ज़रूरत है।

"मामा को मैं क्यों याद कर रहा हूँ?"

ये तरह-तरह के पेड़, नारियल के पेड़ों की पंक्तियाँ, यह झील, ये पक्षी, यह आकाश, ये घुमड़ते बादल...मुझे क्यों देख रहे हैं? या मैं ख़ुद उन्हें देख रहा हूँ?

अब वह चल रहा था एक अवधूत की तरह। उसे पता नहीं था कि कितनी दूरी तय की उसने। खेत उसी तरह के हैं, पेड़-पौधे उसी तरह के हैं, नारियल के पेड़ भी, पक्षी भी...लेकिन उनमें एक अजनबीपन है।

रास्ते भी नये होते जा रहे हैं। मिट्टी की गन्ध भी नयी-नयी लग रही है। कभी-कभार जो लोग दिखाई पड़ रहे थे, वे बिल्कुल अपरिचित हैं।

सबको नाणु ने अनदेखा किया।

वह सिर्फ़ अपने हृदय की धड़कन सुन रहा था।

अब रात हो चुकी थी।

चाँदनी की निर्मलता सब कहीं छायी हुई थी।

एक पत्थर पर नाणु आशान बैठ गया। चारों ओर देखा उसने। सब कहीं निगूढ़ता भी थी।

संसार इतना निगूढ़ क्यों है? जीवन इतना रहस्यमय क्यों है?

सुबह की नरम हवा ने नाणु आशान को जगाया। वह धोती पहना हुआ था। उसके अलावा एक 'तोर्तु'[1] ही था। तोर्तु ओढ़कर वह पत्थर से उतर नीचे आया। कुछ दूर चलने पर उसने एक मन्दिर देखा और एक तालाब भी। प्रभात कृत्यों से मुक्त होकर वह स्नान करने गया। उस तालाब में कुछ लोग स्नान कर रहे थे। सबने उस अपरिचित को देखा।

वे आश्चर्यचकित थे

उन्होंने इतने तेजस्वी युवक को आसपास नहीं देखा है।

"कहीं दूर से यहाँ आया होगा।"

"हाँ-हाँ। पर है बहुत ही तेजस्वी।"

"सही कह रहे हैं।"

तीन बार डुबकियाँ लेकर नाणु आशान पूर्वी दिशा की ओर प्रणाम की मुद्रा में खड़ा रहा।

वह मन्त्र जप रहा था।

तालाब के किनारे की ओर जाते समय एक व्यक्ति ने पूछा–

"इधर नये हो?"

"जी।"

"शुभ नाम?"

"नारायण!"

"कहाँ से हो?"

---

1. तोर्तु–ओढ़ने लायक एक वस्त्र।

"बहुत दूर से हूँ, बहुत दूर जाना है।"

नारायण के स्वर में संयम था। किन्तु दूसरों के प्रति आदर भी।

वह मन्दिर की तरफ़ चल पड़ा। उसके क़दम सुस्थिर थे।

वह एक चबूतरे पर बैठा और ध्यानमग्न हो गया।

अब लोगों ने नाणु आशान को 'स्वामी' कहकर सम्बोधित करना शुरू किया था। वे सबके लिए स्वामी बन चुके थे।

जब नारायण स्वामी अपनी ध्यान-मुद्रा से जाग गये तो देखा कि कुछ लोग चबूतरे के आसपास खड़े थे। वे उनकी प्रतीक्षा में थे।

प्रसन्न होकर स्वामी ने सबका अभिवादन किया।

कुछ फल वे ले आये थे जिन्हें स्वामी के निकट रख दिया गया।

"इतने सारे फल मुझे नहीं चाहिए। कुछ केले और एकाध आम छोड़ दीजिए, बाकी सब ले जाइए। बच्चों को दीजिए।"

स्वामी ने लोगों से कहा–

"इस मन्दिर के चारों ओर घास-फूँस और ग़ैरज़रूरी पौधे उग आये हैं। हम सब मिलकर साफ़ करेंगे। साँझ के समय आपके पास समय हो तो आइए। कुछ ग्रन्थों का पारायण हम करेंगे।"

"आप जो भी कहेंगे, हम करेंगे।"

"यहाँ आसपास कोई विद्यालय है क्या?"

"नहीं!"

"बच्चे अपना समय बरबाद कर रहे हैं। आपके सहयोग से एक विद्यालय का आरम्भ हम करेंगे।"

विद्यालय की बात से लोग सन्तुष्ट नहीं थे। उसमें उनकी रुचि नहीं थी। इसलिए स्वामी ने वह बात वहीं छोड़ दी।

हर रोज़ कोई-न-कोई स्वामी के लिए खाद्य वस्तुएँ ले आता। उनसे कुछ समय वे बातें करते रहते। उसके बाद भक्ति ग्रन्थों के पारायण में वे लग जाते।

फिर ध्यानस्थ होकर बैठते।

मन्दिर के आसपास का प्रदेश साफ़-सुथरा हो गया। रेत बिछा दी गयी। सन्ध्या के समय लोग वहाँ पर इकट्ठे होने लगे। स्वामी कोई ग्रन्थ पढ़ते और उसकी सरल

व्याख्या लोगों को सुनाते थे। वे रचनाएँ तथा उनकी व्याख्या भक्ति भाव से भरी रहती।

जाते-जाते एक व्यक्ति ने स्वामी से प्रश्न किया–

"स्वामी जी, यहाँ पर अकेले रहते समय क्या आपको डर नहीं लगता?"

"नहीं?"

स्वामी ने पूछा–"जानते हो, डर कब होता है?"

"नहीं जानता।"

"हम यह मानते हैं कि दुनिया में कुछ और चीज़ भी हैं जिनसे डर का भाव पैदा होता है। सब कुछ हमी हैं तो डर किस बात का?"

नारायण स्वामी का मन कई प्रकार के संघर्षों से भरा था। उन्होंने ख़ुद से प्रश्न किया–"मैं किसकी खोज में निकल पड़ा हूँ।" कोई जवाब उन्हें नहीं मिला। अनुत्तरित प्रश्नों के जंगल में वे भटकते रहे।

दक्षिण तिरुवितांकूर के इलाक़ों में वे लम्बे समय तक रहे। इस बीच स्वामी ने तमिऴ सीखी। तमिऴ के ग्रन्थ पढ़ते देख एक भक्त ने पूछा–

"आपने तमिऴ कैसे सीखी?"

"जैसे दूसरे जिस तरह से सीखते हैं।"

"कोई कारण?"

"तमिऴ में भक्ति और दर्शन के कई ग्रन्थ हैं

"तब तो आपको ये सब पढ़ना ही चाहिए।"

"मैं ही क्यों, सब पढ़ सकते हैं। जहाँ जो भी अच्छा है, श्रेष्ठ है उसको अनदेखा नहीं करना चाहिए। मनुष्य चाहे जो हो, श्रेष्ठ मूल्यों के संवाहक को आदर की दृष्टि से देखना है। न उसकी सम्पत्ति प्रमुख है न उसकी जात न उसका धर्म।"

भक्त ने विनम्रता से स्वामी को प्रणाम किया और बिदा ली।

तमिऴनाटु के मधुरै में वे अवधूत की तरह भटक रहे थे। मीनाक्षी मन्दिर में देवी के दर्शन करने के बाद मन्दिर से जो खाना मिलता उसे खाने के पश्चात् स्वामी आराम कर रहे थे। उनके सपने में देवी माँ प्रकट हुई।

माँ के चरणों का स्पर्श करके वे नीचे ही बैठे रहे।

देवी माँ ने उनसे पूछा–

"क्यों बेटा, तुम इतने दुखी क्यों हो?"

"माँ, मैं अपने लिए दुखी नहीं हूँ। मैं दूसरों के लिए दुखी हूँ।"

"ऐसा क्यों?"

"इसलिए कि मनुष्य ही ऐसा प्राणी है जिसमें अपार सम्भावनाएँ हैं। यदि वह चाहे तो इस धरती को स्वर्ग बना सकता है। लेकिन वह कई स्वार्थों से घिरा रहता है और वह धीरे-धीरे पशु बन जाता है।"

"तुम क्या करना चाहते हो?"

"मैं मनुष्य को मनुष्य बनाना चाहता हूँ। उसमें निहित दैवी शक्तियों को जगाना चाहता हूँ। मनुष्य के भास्वर भविष्य के लिए यह ज़रूरी है।"

देवी माँ ने स्वामी को आशीर्वाद दिया और अन्तर्धान कर गयीं। स्वामी को लगने लगा कि सपने में देवी माँ से मिलने के बाद उनमें ऊर्जा जागरित हो गयी है। उन्हें लगने लगा कि उनके चेहरे में सौम्यता की आभा बढ़ने लगी है। उनके शब्द अर्थ सम्पुष्ट होते गये।

अपने एकान्त में, घने अँधेरे के बीच स्वामी ने देवी माँ को बताया–"मैं अपनी एक रचना आज समाप्त कर पाया। उसका शीर्षक है, 'कुण्डलिनी पाट्टु'[1] यह मेरी योग साधना सम्बन्धी रचना है। माँ, मैं इस लघुतम काव्य रचना को आपके पादारविन्द में समर्पित कर रहा हूँ।"

मन्दिर से घण्टा-ध्वनियाँ गूँजने लगीं।

लोगों ने अनुभव किया कि नारायण गुरु स्वामी में कई अद्‌भुत शक्तियाँ हैं। वे दूसरों की समस्याओं के लिए समाधान बता सकते हैं। बीमारियों को ठीक कर सकते हैं। पैशाचिक शक्तियों से वे बचा सकते हैं। सन्तानहीन दम्पतियों को सन्तान प्राप्ति के लिए इलाज कर सकते हैं। लोगों का आना-जाना शुरू हो गया।

एक औरत ने शिकायत की–

"गुरु जी, मेरे आदमी शराबी हैं। आप कुछ उपाय बताएँ।"

गुरु जी ने एक पत्ते का नाम बताया। औरत ने सिर हिलाया।

"पत्ते को छाया में सुखा देना। फिर उसे कूटकर पानी में मिला कर पिला देना।"

सन्तानहीन दम्पतियों के लिए गुरुजी ने दूसरी दवाई बतायी।

जब लोगों की भीड़ बढ़ने लगी तो श्री नारायण गुरु ने तय किया कि अपनी साधना के लिए उन्हें एकान्त चाहिए। श्री नारायण गुरु सदा समय तपलीन होना चाहते थे। ज्ञान की प्राप्ति उनका लक्ष्य था।

---

1. पाट्टु माने गीत।

आधी रात के वक़्त वे घने जंगल की ओर चले गये। उस समय झींगुरों की आवाज़ ही आ रही थी। कई अनाम पक्षियों एवं अनाम जानवरों की आवाज़ें भी आ रही थीं।

मद्धिम रोशनी में गुरु ने एक झरना देखा। पानी के बहने की आवाज़ ने उनके मन को शान्ति प्रदान की। उस झरने के किनारे बड़े-बड़े पत्थर थे। उनमें से एक पर वे आसीन हो गये।

उन्होंने ऊपर की ओर देखा। आकाश दिखाई नहीं दे रहा था। पेड़-पौधे भी अदृश्य। मात्र कुछ स्वर वे सुन पा रहे थे।

ब्रह्ममुहूर्त में उठकर स्वामी ने स्नान किया। लम्बे समय तक वे ध्यानस्थ बैठे।

उसके बाद स्वामी ने एक गुफा ढूँढ़ निकाली। मन-ही-मन उन्होंने कहा यही है मेरा साधना-स्थल।

दिन भर वे साधना में लीन रहते। जब आँखें खुलीं तो सूर्यास्त का समय था। उसका दिव्य सौन्दर्य था। कुछ समय तक वे उसमें लीन रहे।

शाम ढल चुकी थी।

स्वामी को भूख लगने लगी।

वे जंगल की ढलान से नीचे उतर गये। पत्थरों से सटकर एक पौधा उन्होंने देखा। गाँव में उसे 'कट्टुक्कोटी' कहते हैं। उसके पत्तों का रस निकालकर रखें तो चन्द क्षणों में 'अप्पम' जैसा हो जाता है। स्वामी ने ऐसा ही किया और उससे उन्होंने अपनी भूख मिटाई।

जंगल में मिलने वाली इस तरह की अन्य कुछ चीज़ों को भी स्वामी ने ढूँढ़ निकाला जिनसे वे अपनी भूख मिटाते थे।

बीच-बीच में स्वामी से मिलने कुछ लोग आते थे। ध्यानस्थ बैठे स्वामी को जगाना ठीक नहीं है। इसलिए खाने की चीज़ें वहीं रखकर वे चले जाते थे।

यह 'मरुत्वामला' का जंगल था।

उस अरण्य के एकान्त में श्रीनारायण गुरु ने जीवन की गहराइयों में गोता लगाया।

एक दिन सुबह ध्यान समाप्त करके सूरज की ओर देखते हुए स्वामी ने अपने आपसे कहा–

"यह जंगल अपने लिए नहीं दूसरों के लिए सृजित है।"

“यह जल जो बहता है, निरन्तर वह दूसरों के लिए बह रहा है।”

“यह हवा भी दूसरों के लिए है।”

“सूरज अपने लिए नहीं दूसरों के लिए तप रहा है।”

“यह धरती, जिसमें सब कुछ है, वह दूसरों के लिए है।”

स्वामी ने स्वयं से कहा–

“इदन्नमम।”

उन्होंने तय किया उनका जीवन शत-प्रतिशत दूसरों के लिए होना चाहिए।

वे जंगल से उतरने लगे।

‘मरुत्वामला’ से उतरकर स्वामी ‘अरुविप्पुऱम’ जाना चाहते थे। लेकिन अरुविप्पुऱम जाने के पहले गाँव के लोगों ने उनका स्वागत किया। वे कहने लगे–

एक योगी का आगमन हुआ है।

एक सिद्ध का आगमन हुआ है।

एक संन्यासी का आगमन हुआ है।

स्वामी ने ख़ुद कहा–

“मुझे इस धरती ने सहवास तथा सहयोग का पाठ पढ़ाया है।”

“मुझे इस प्रकृति ने स्नेह और उदारता का पाठ पढ़ाया है।”

“पवित्र जल ने जीवन-दान देने का पाठ पढ़ाया है।”

स्वामी ने जीवन के पूरे विस्तार को देखा। बुनियादी तौर पर कोई परिवर्तन नहीं आया है। लेकिन उन्होंने मनुष्य को ध्यान से देखा। उन्हें लगा इस मनुष्य की कई सम्भावनाएँ हैं–

उसमें बुराइयाँ बहुत हैं।

लेकिन अच्छाइयाँ कम नहीं हैं।

इतिहास ने उसे सीमित और स्वार्थी बनाया है।

उसको परिवर्तित किया जा सकता है।

मनुष्य को बदला जा सकता है। मनुष्य को मनुष्य बनाया जा सकता है।

आम लोगों के बीच में ही स्वामी अपना अधिक समय बिताते थे। जो भी उन्हें खाना देता उसे खा लेते। स्वामी ने यह नहीं देखा कि लाने वाला कौन है–

खाने को स्वामी ने ईश्वर के रूप में देखा।

अलग-अलग प्रकार के कामों में लगे लोगों को, उनकी कर्मठता को स्वामी आदर के साथ देखते थे। कर्म ही ईश्वर है, उन्होंने कहा।

सागर किनारे रहने वाले मुसलमान मछुआरों के साथ उनका सम्बन्ध था। नाव लेकर जाने वाले मछुआरों की वे मदद करते थे।

एक-एक मछुआरा यही चाहता था कि स्वामी उनके जाल तथा नाव को छुएँ। उनका मानना था कि उनके छूने से उस दिन उन्हें बहुत सारी मछलियाँ मिल जायेंगी।

कुछ मछुआरों ने स्वामी से पूछा–

"आप संन्यासी हैं। लेकिन हम लोगों के बीच आप कैसे रह पाते हैं?"

"आप मनुष्य हैं। आपका काम जीवन को आगे बढ़ाने के लिए है। इसलिए वह पवित्र है। उसमें ईश्वर का वास है। आप जो खाना देते हैं उसमें भी ईश्वर बसा हुआ है। जहाँ मनुष्य है, वहाँ ईश्वर है। इस कारण से मैं आप लोगों के साथ सुख से रह पा रहा हूँ।"

5

स्वामी तप लीन मुद्रा में बैठे थे। एक बूढ़ा मछुआरा उनके नज़दीक आकर बैठ गया। उन्हें तप लीन देख वह चुपचाप बैठा रहा।

स्वामी ने आँखें खोलीं। सामने समुद्र की अपारता थी। उस अपारता में वे पुन: लीन हो गये। कुछ देर पश्चात जब उन्होंने आँखें खोलीं तो बगल में बैठे मछुआरे को देख स्वामी के चेहरे पर मुस्कान छा गयी।

"क्षमा कीजिए। मैं अपने में लीन था। कहिए, मैं आपकी क्या सेवा कर सकता हूँ?"

"कुछ नहीं स्वामी। आपको यहाँ बैठे देखा तो चला आया।"

"अच्छा किया।"

"स्वामी, आप हमेशा ध्यानमग्न होकर क्यों बैठते हैं। इतना आप क्या सोच रहे हैं?"

"मैं अपने बारे में सोचता हूँ, आपके बारे में सोचता हूँ। दुनियादारी के बारे में सोचता हूँ। कई समस्याएँ हैं हमारी। मैं यह सोच रहा हूँ कि इन समस्याओं को दूर करने में मेरी क्या भूमिका हो सकती है?"

मछुआरा बिना कुछ कहे स्वामी को देखता बैठा रहा।

स्वामी ने अपनी बात जारी रखी–

"आप मेरे लिए आदरणीय हैं। आयु में आप मुझसे बड़े हैं और आपके पास अनुभव भी हैं। आप देख ही रहे हैं हमारे जीवन में स्नेह के स्थान पर स्वार्थ अधिक है। स्वार्थ का विस्तार होता जा रहा है और स्नेह सिमटता जा रहा है। एक तरफ़ अधिकार का स्वार्थ है, धन का स्वार्थ है, जाति का स्वार्थ है या फिर धर्म का स्वार्थ है। इन स्वार्थों से मनुष्य मुक्त क्यों नहीं हो रहा है? मेरी चिन्ता का विषय यही है।"

मछुआरे ने देखा कि स्वामी परेशान हैं। वे अपने लिए नहीं दूसरों के लिए चिन्तित हैं। अपना आदरभाव व्यक्त करके मछुआरे ने अपने ढंग से कहा–

"स्वामी आप बड़े हैं। बड़ी-बड़ी बातें सोचने वाले हैं। ख़ुदा आपकी परेशानियों को ज़रूर दूर करेंगे। जो अपने बारे में न सोचकर दूसरों के बारे में सोचते हैं, दूसरों की परेशानियों को दूर करने की बात सोचते हैं वह सचमुच ख़ुदा ही हैं।"

"स्वामी, आप ख़ुदा हैं।"

"नहीं नहीं...मैं ख़ुदा नहीं हूँ। मैं ख़ुदा का सेवक हूँ; इसलिए मैं मनुष्य का भी सेवक हूँ। मनुष्य की सेवा ख़ुदा की ही सेवा है।"

स्वामी ने आगे कहा–

"भाई साहब, मैं आपके प्रदेश को छोड़कर जाने वाला हूँ। मेरे सामने कई उलझनें हैं। एक-एक का सामना करते हुए समाधान ढूँढ़ना ही है। जब तक समाज की समस्याओं के लिए रास्ता न ढूँढ़ पाऊँ तब तक मेरी यात्राएँ बनी रहेंगी। मैं ऐसे एक समाज का सपना देख रहा हूँ जिसमें सभी समान हों; सभी सहोदर भाव से रहें और मैत्री का वातावरण बना रहे। हर व्यक्ति की अपनी स्वायत्तता है और अपनी स्वतन्त्रता भी है। लेकिन अपनी स्वतन्त्रता दूसरों की स्वतन्त्रता के लिए बाधक न बने। मम ही ममेतर है। यह भाव समाज को आगे बढ़ने के लिए आवश्यक है।"

अभिवादन करके मछुआरे ने बिदा ली।

सूर्य का अस्त नहीं हुआ था। आकाश पूरी तरह से लाल हो चुका था। अब लालिमा भी विलीन हो रही थी।

स्वामी फिर ध्यानमग्न हो गये।

उनके अन्दर से एक आवाज़ गूँज उठी।

"नारायण, तुम्हारे सामने एक लम्बा रास्ता है। चलते जाना है। तुम्हारे सामने जो ठीक नहीं है उसे ख़त्म करना तुम्हारा परम कर्तव्य है। बात कम करो, काम अधिक। मन बना लो और काम करते रहे। जो कर्म फल की इच्छा से मुक्त हो उसका फल अच्छा ही होगा।"

रात होने लगी।

स्वामी समुद्र-तट से उठकर चलने लगे। मछुआरों की बस्ती के सामने से होकर वे आगे बढ़ रहे थे। पीछे से आवाज़ आयी–

"स्वामी रुकिए...रुकिए..."

स्वामी ने पीछे मुड़कर देखा, वही बूढ़ा मछुआरा पीछे-पीछे आ रहा था।

"क्या बात है, भाई साहब?"

“आपने बताया था न कि आप इस बस्ती को छोड़कर जा रहे हैं। रात का खाना हमारे साथ खाइए।”

“यह तो अच्छी बात है। आप मेरे लिए ख़ुदा की तरह हैं क्योंकि रात का भोजन आप मुझे दे रहे हैं।”

“नहीं...नहीं। आप ख़ुदा हैं, स्वामी। आपको अन्न देकर हमारी एक रात ही सही-सलामत रहेगी। हम ख़ुदा के बन्दे हैं; यह हमारा फ़र्ज़ है। आइए स्वामी।”

सबके साथ बैठकर स्वामी खाना खाने लगे।

6

मरुत्वामला से स्वामी अरुविप्पुरम की ओर प्रस्थान कर गये। अपने लिए तथा दूसरों के लिए एक धार्मिक स्थान की ज़रूरत है। स्वामी ने ख़ुद से कहा। आराधना के लिए एक ऐसा स्थान आवश्यक है जहाँ सभी बैठ सकें और प्रार्थना कर सकें।

शाम को अपनी साधना के बाद स्वामी ने कुछ शिष्यों को बुलाया–

"एक मन्दिर बनाने की इच्छा है...आप लोगों की क्या राय है?"

"यह बहुत अच्छी बात है। हम लोग इसके लिए प्रयासरत हो जायेंगे।"

"इस वर्ष शिवरात्रि के दिन हम देवालय का प्रतिष्ठा-कर्म सम्पन्न करेंगे।"

कुछ देर तक मौन रहने के बाद स्वामी ने शिष्यों से कहा–

"आप लोगों के लिए मन्दिर की ज़रूरत है, लेकिन मेरे मन में मन्दिर की जो परिकल्पना है वह आचार-अनुष्ठान का स्थान नहीं होगा। वह बाहरी रूप से और आन्तरिक रूप से शुचिता का स्थान होगा। उसे प्रगति का केन्द्र भी माना जाना चाहिए। यह शिक्षा का केन्द्र भी हो। वहाँ कोई भी आ सकता है, मनाही बिल्कुल नहीं; किसी भी समय कोई भी आ सकता है। जात की पाबन्दियाँ नहीं होंगी, धर्म की भी नहीं। उच्च-नीच की भावनाएँ बिल्कुल नहीं। परम के प्रति समर्पित होने के साथ-साथ अपने अन्तर्मन को पवित्र बनाने का यह स्थान होगा। मनुष्य का वास्तविक उत्थान उसका लक्ष्य होना चाहिए। जो कोई मन्दिर में प्रवेश करेगा उसके अन्तर्जगत से एक प्रश्न का उठना आवश्यक है–सबसे पहले मैं अपने अन्तर्मन को एक बार फिर झाँक कर तो देखूँ।"

स्वामी मौन हो गये।

सभी शिष्य उस गम्भीर मौन का अनुसरण कर रहे थे।

स्वामी ने आँखें खोलीं। उनकी मुस्कान भव्य थी।

स्वामी ने शिष्यों से पूछा–

"मुझे लगता है कि आप लोग मन्दिर के निर्माण को लेकर आशंकित हैं। जब साधन नहीं है तो मन्दिर कैसे बनेगा, यही आप लोग सोच रहे हैं।"

आश्चर्य के साथ शिष्यों ने स्वामी को देखा।

स्वामी ने अपनी बात जारी रखी।

"मन्दिर के लिए साधन की ज़रूरत है; परन्तु मन्दिर के लिए साधन की ज़रूरत भी नहीं है। हमें चाहिए एक मन्दिर और यह मन का मन्दिर भी हो सकता है। उसके लिए पत्थर, ईंट या गारे की ज़रूरत नहीं है। ये सब उसकी भौतिक उपस्थिति के साधन हैं। मेरे मन में मन्दिर की आध्यात्मिक उपस्थिति मुख्य है। वह साधन हीन मन्दिर होगा।"

कुछ देर तक मौन रहने के बाद स्वामी ने कहा–

"इस नदी की पूर्व दिशा में बड़ा-सा एक पत्थर है। उसका ऊपरी हिस्सा एकदम समतल है। उसके ऊपर शिवलिंग की प्रतिष्ठा हम करेंगे।"

यह सुनकर सभी लोग उत्साहित हो गये।

सबसे पहले उस स्थान की सफ़ाई शुरू की गयी। नारियल के पत्तों और आम के पत्तों की अल्पनाएँ बनायी गयीं। पत्थर के ऊपर पण्डाल डाल दिया गया। एक स्थानीय फल–'मरोट्टि काया'–को तोड़कर उसके छिलके में तेल डाला गया और उन्हें दिये की तरह रखा गया।

साँझ होते ही दीये जलाये गये। कई लोग वहाँ आ उपस्थित हुए। उस पवित्र कर्म के साक्षी बनने को सभी उत्सुक थे।

इस बीच शिष्यों ने धीमे स्वर में फुसफुसाया–

"स्वामी कहाँ हैं?"

कुछ ही दूर एक पत्थर के ऊपर योगोपासना में स्वामी लीन थे। शिष्यों ने उन्हें देखा और सभी शिष्यों ने तय किया कि लोगों को समझाया जाना चाहिए।

"स्वामी जी हमारे आसपास ही हैं। वे योग मुद्रा में उपविष्ट हैं। उन्हें यह बताने की आवश्यकता नहीं है कि कब शिवलिंग की प्रतिष्ठा की जाये। जब वे योगोपासना से मुक्त हो जायेंगे तब तक हमें इन दीपों को ज्वलित रखना है। पूरे वातावरण को भक्ति सान्द्र रखना है। हम में से कुछ शिष्य उनकी भक्ति-रचनाओं की पंक्तियों का आलापन करेंगे। आप लोगों से अनुरोध है कि आप लोग इस आलापन में शामिल हो जायें।

आलापन शुरू हुआ।

रात बीतती जा रही थी। शिष्यों ने वहाँ इकट्ठे भक्तों के लिए केले, नारियल आदि बाँटना शुरू किया। फल, नारियल, शर्करा, चिउड़ा आदि चीज़ें लोग खाते रहे।

वहाँ पर इकट्ठे लोगों में से कुछ लोगों के मन में यह प्रश्न अवश्य उठा कि क्या स्वामी शिवलिंग की प्रतिष्ठा की अर्हता रखते हैं? उनका जन्म 'ईळवा' जाति में हुआ है। 'ईळवा' जाति को उस समय निम्न जात के अन्तर्गत ही परिगणित किया गया था। इसलिए यह कर्म, भले ही पवित्र हो, ठीक रहेगा? लेकिन कोई यह साहस नहीं कर पाया कि प्रश्न किया जाये।

स्वामी के तेजोमय रूप और अगाध योगमुद्रा की ज्वलित आभा के सम्मुख सभी हतप्रभ थे।

योगमुद्रा से मुक्त होकर स्वामी आ गये। नदी की तरफ़ वे चलने लगे। उन्होंने अपने को पूरी तरह से पानी में डुबो दिया। लम्बे समय से वे पानी के अन्दर ही रहे। उसके बाद जब वे पानी के बाहर आये तब उनके हाथों में एक शिवलिंग था। दोनों हाथों से शिवलिंग को कसकर पकड़ते हुए स्वामी ध्यानमग्न हो गये। यह ध्यानावस्था तीन घण्टे तक बनी रही।

वहाँ उपस्थित दर्शक पंचाक्षरी मन्त्र जपते रहे। स्वामी की आँखों से अश्रुधारा प्रवाहित होती रही।

आकाश में चमकते नक्षत्रों को साक्षी बनाकर श्रीनारायण गुरु ने शिवलिंग का प्रतिष्ठा-कर्म सम्पन्न किया।

यह समय पहले से ही सुनिश्चित नहीं किया गया था। फिर भी यह समय सबसे महत्त्वपूर्ण समय था।

7

हवा में पहले से अधिक तीव्रता आयी थी। प्रकृति उल्लसित दीख रही थी। पक्षियों का स्वर गूँज रहा था।

अरुविप्पुरम के आसपास के वातावरण में स्फूर्ति का अनुभव फैल चुका था। सभी नाणु स्वामी की बात ही कर रहे थे।

खेत का काम ख़त्म करके चात्तु और कोमप्पन घर लौट रहे थे। चात्तु ने कहा–

नाणु स्वामी के साहस की दाद दी जानी चाहिए। जो बामन का काम था नाणु स्वामी ने करके दिखाया। बामन चुप हो गये हैं।

कोमप्पन ने चात्तु के कन्धे पर हाथ रखा और उसे सतर्क किया–

"चुप रहो, वह लो, दो लोग आ रहे हैं। लगता है कि ये बामन हैं। हमें हटना होगा। खेतों से होकर हम निकल चलते हैं और मेंड़ पर जो पेड़ है उसकी ओट में खड़े हो जाते हैं।"

चात्तु और कोमप्पन दौड़ पड़े।

दोनों ब्राह्मणों की नज़र पड़ने के पहले ही वे काफ़ी दूर तक चले गये और पेड़ की ओट में छिप गये। जब ब्राह्मण निकल गये तो चात्तु और कोमप्पन वापस आ गये।

कोमप्पन ने दुख के साथ कहा–

"सभी हम पर ही क्यों धौंस दिखाते हैं? न रास्ता हमारा, न सड़क हमारी और न मन्दिर हमारा। मन्दिर के आसपास जाना मना है, क्या ईश्वर गूँगा या बहरा या अन्धा है? जो हमें भगाते हैं, पीटते-मारते हैं उनके खेत में काम करने के लिए हमें ही बुलाते हैं। क्यों न हम नाणु स्वामी से मिलें और उनसे कहें कि ये सब कब बन्द हो होगा।"

चात्तु ने कहा–

"अरे! कोमप्पा, तुमने वह क़िस्सा सुना है क्या?"

“कौन-सा?”

“नाणु स्वामी ने बामनों का मुँह बन्द कर दिया था।”

“वह कैसे?”

“अरुविप्पुरम में मेरा भांजा है, किट्टू, वही मेरी बड़ी दीदी का लौंडा। वह बता रहा था कि जो बामन नाणु स्वामी से मिलने आये वे शर्मिन्दा हो लौटे गये।”

“किस बात पर?”

“किट्टू कह रहा था कि कुछ बामन, तीन-चार होंगे, नाणु स्वामी से मिलने गये। नाणु स्वामी ईऴवा है न। कुछ दूर पर खड़े होकर उन लोगों ने नाणु स्वामी से सवाल किया।”

“किस बात पर?”

“तुम्हें शिवलिंग के प्रतिष्ठा कर्म का अधिकार किसने दिया?”

“किसी ने नहीं। मैंने ईऴवों के शिव का प्रतिष्ठा-कर्म ही किया है। वह तो ईऴवा-शिव है। वह आप लोगों का शिव नहीं है।”

“इस पर बामन हक्का-बक्का हो गये। वे आगे बात न बढ़ा सके। चुप होकर वे लौट चले।”

चात्तु की बात सुनकर कोमप्पन लोट-पोट होकर हँसने लगा। रास्ते से कोई नहीं आ रहा था, न आगे से और न पीछे से। इसलिए बड़े जात वालों का मज़ाक़ करते हुए अपने-अपने घर चले गये।

अरुविप्पुरम में भक्तों की भीड़ बढ़ने लगी। ख़ासकर अमावस्या के दिन तर्पण करने के लिए सैकड़ों लोग वहाँ आने लगे। वहाँ आने वाले लोगों ने नाणु स्वामी का उपदेश पाकर एक सभा संयोजित करने का कार्य किया जिसे तर्पणसभा का नाम दिया गया। उसके लिए नियम भी बनाये गये। सभा का पंजीकरण भी हो गया।

मन्दिर में सम्पन्न होने वाले त्योहार आदि पर विचार करने के अलावा इस सभा ने सामाजिक समस्याओं पर भी विचार-विमर्श शुरू किया।

स्वामी से मिलने दूसरे प्रदेशों से भी लोग आने लगे।

अकेले-दुकेले भी और दल के दल लोग आते थे। वे अपनी समस्याएँ स्वामी के सामने रखते थे।

स्वामी ध्यान से सबको सुनते थे। शान्त भाव उनके मुख पर सदैव रहता था। भक्तों का दृढ़ विश्वास यही था कि स्वामी उनकी समस्याओं का निवारण कर सकते हैं।

एक रोज़ स्वामी अपनी ध्यानावस्था में मग्न थे। उनके शिष्य, जो उनके साथ रहते थे, अपने-अपने काम में व्यस्त थे। शिष्यों ने देखा एक बहुत बड़ी भीड़ उस छोटे से आश्रम की ओर आ रही थी। आश्रम के समीप आते ही भीड़ ने देखा कि स्वामी ध्यानमग्न हैं। उनकी आवाज़ें कम हो गयीं।

शिष्यों ने धीमे स्वर में अनुरोध किया कि वे मौन रहें। जब स्वामी जग जायेंगे तो मिलना होगा। सभी वहीं बैठ गये।

स्वामी ने आँखें खोलीं तो देखा कि उनके सामने भारी संख्या में लोग इकट्ठे हुए हैं। उठ खड़े होकर सबने स्वामी को प्रणाम किया। स्वामी ने कहा–

"आप लोग बैठ जाइए। यहाँ पर सुविधाएँ कम हैं। फिर भी..."

स्वामी ने उत्सुकता के साथ पूछा–

"आप मुझसे मिलने क्यों आये हैं?"

"इस बार बारिश के मौसम के बीतने के बाद भी हमारे प्रदेश में बारिश नहीं हुई है। सभी लोग परेशान हैं। हम स्वामी के पास इसलिए आये हैं कि आप कुछ न कुछ कर पायेंगे।"

यह शिकायत सुनकर स्वामी न विचलित हुए, न मुस्कुराये। उनके मुख पर आर्द्रता की भाव-भंगिमाएँ झलकने लगीं। उन्होंने अपने आपसे कहा–

मौसम की कठोरता का अन्त होना चाहिए।

आपको खेतों में काम शुरू करना है।

कठोर गर्मी से मुक्ति चाहिए।

वर्षा चाहिए।

स्वामी ने एक काग़ज़ पर कुछ लिखना शुरू किया। उन्होंने पाँच श्लोक लिखे। स्वयं एक बार पढ़कर देखा और लोगों से अनुरोध किया–

"इस काग़ज़ में मैंने पाँच श्लोक लिखे हैं। कल सुबह आप सभी लोग स्नानोपरान्त, भक्ति के साथ इन श्लोकों का अनवरत पाठ करें।"

स्वामी से काग़ज़ लेकर आदर प्रकट करके वे विदा हो गये।

कुछ दिनों के बाद सूचना मिली कि उन लोगों के प्रदेश में अच्छी वर्षा हुई है।

8

अरुविप्पुऱम मन्दिर के बगल में संन्यासियों के लिए एक मठ की आवश्यकता पर स्वामी ने ज़ोर दिया। स्वामी की मन्दिर सम्बन्धी अपनी परिकल्पना थी–मन्दिर को सबसे अधिक साफ़-सुथरा स्थान होना चाहिए।

बकरे-मुर्गों की हिंसा मन्दिरों में पूरी तरफ़ से वर्जित हो।

प्राचीन एवं प्राकृत ढंग की आराधना मन्दिर में न हो।

सभी आराधनाएँ सात्विक होनी चाहिए।

मन्दिर शिक्षा का केन्द्र भी बनें।

स्वामी के वचनों का दूरगामी प्रभाव पड़ने लगा। कई-कई मन्दिरों में हिंसक वृत्तियों को समाप्त किया गया। सफ़ाई पर ध्यान दिया जाने लगा। देवताओं की आराधना, जो निम्न घोषित लोगों के लिए वर्जित थी, नयी आराधना-रीतियाँ अपनायी जाने लगीं। स्वामी ने ज़ोर देकर कहा था कि सात्विक आराधना कोई भी कर सकता है।

अरुविप्पुऱम के मन्दिर के पास ही एक मण्डप की स्थापना भी की गयी। इसके निर्माण में उस प्रदेश के खाते-पीते परिवार के सदस्यों ने दिल खोलकर मदद की। अब समस्या यह हो गयी कि मन्दिर के रोज़ाना ख़र्च के लिए पैसा कहाँ से आयेगा। उसी दौरान कोट्टार चिन्मय स्वामी जी अरुविप्पुऱम में पधारे। उन्होंने नाणु स्वामी का अभिवादन किया। बातचीत के बीच में चिन्मय स्वामी जी ने बताया कि वे शुचींद्रम में स्थित धार्मिक संस्था की पूरी सम्पत्ति नारायण गुरु के नाम कर देना चाहते हैं। तदनुसार स्वामी जी ने कार्य किया। उन्होंने यही सोचा कि धार्मिक विषयों के अध्ययन में लगे शिष्यों को तथा मन्दिर के ख़र्च के लिए इस धन का उपयोग हो सकता है।

उसके बाद स्वामी ने संन्यासियों के लिए एक मठ तथा एक पाठशाला शुरू करने के लिए लोगों से मदद माँगी। इन सबके प्रशासन को सुचारु रूप से चलाने के

लिए स्वामी ने ही समितियाँ बनायीं। उसी तरह अरुविप्पुऱम मन्दिर की सभा चलन में आयी।

उसी समय स्वामी ने यह इच्छा प्रकट की कि इस सभा का विकास किया जाना चाहिए। ईऴवा समाज का उत्थान इसका प्रथम लक्ष्य होना चाहिए। समाज में धार्मिक दृष्टि को विकसित करने के लिए समुचित कार्यक्रम आयोजित करने की बात भी स्वामी जी ने व्यक्त की थी।

इस समिति के आरम्भ होने के तीन साल बाद जिस 'एस.एन.डी.पी.' सभा (श्रीनारायण धर्म परिपालन समिति) का आरम्भ हुआ था उसके मूल में इसी सभा का योगदान है।

श्रीनारायण धर्म परिपालन समिति स्वामी की दीर्घ दृष्टि का परिणाम है। धार्मिकता पर उनकी अटल आस्था थी। संगठन में भी उनका अटूट विश्वास था। समाज के निचले स्तर के लोग, जो जाति के नाम पर, अशिक्षित होने के कारण, हाशियाकृत होने से, ग़रीबी के कारण समाज के सामने नहीं आ पा रहे थे। उन्हें सामने लाना है इस पर स्वामी का कथन था–

उन्हें शिक्षित किया जाना चाहिए।
हर कहीं विद्यालयों की ज़रूरत है।
उन्हें अपनी परम्परागत क्षमताओं को विकसित करना होगा।
नयी-नयी क्षमताएँ सीखनी चाहिए।
व्यवसाय का विकास अनिवार्य है।
आदमी अकेले में निस्सहाय होता है।
लोगों का संगठित होना भी अनिवार्य है।
भौतिक विकास के साथ आध्यात्मिक विकास अत्यन्त आवश्यक है।
उन्हें आस्थावादी होना है।

स्वामी निरन्तर यही कहते थे समाज में मात्र एक जाति हो, मात्र एक धर्म हो। मनुष्य के समग्र विकास के लिए यह पर्याप्त है। समाज का विकास मनुष्य के विकास पर निर्भर है। यदि मनुष्य विकसित नहीं होता तो उसका समाज भी विकसित नहीं हो सकता है।

9

स्वामी के बहुसंख्यक भक्त मामूली लोग थे। वे अपनी छोटी-बड़ी समस्याएँ लेकर स्वामी से मिलने आते। सभी लोग अरुविप्पुऱम नहीं आ सकते थे। इसलिए स्वयं स्वामी इधर-उधर घूमते रहते और लोगों से मिलते रहते।

उनके मन में यह विचार दृढ़ हो चला था कि दूसरे जो है जीवन का बड़ा यथार्थ है। वे कुछ लोग नहीं, भीड़ नहीं बल्कि जनता है। जनता का यथार्थ स्वीकार करना ही अपना लक्ष्य होना चाहिए। दूसरों के जीवन को भी नवीकृत करना अपना लक्ष्य होना चाहिए।

अपनी यात्राओं में स्वामी कई लोगों से मिलते थे। जिनमें अपार क्षमता का तेज दीखता उन पर उनका ध्यान जाता था।

एक यात्रा के दौरान स्वामी कायिक्करा गये और उन्होंने वहाँ पर एकाध दिन ठहरने का निश्चय भी किया। कुमारु नामक एक युवक स्वामी से मिलने आया। उसे देखते ही स्वामी को लगा कि इस युवक के व्यक्तित्व में कुछ विशेषताएँ हैं। बिना किसी भूमिका के साथ स्वामी जी ने कुमारु से पूछा–

"कविता लिखते हो?"

कुमारु ने हामी भरी।

"कुछ कविताएँ सुनाओ।"

कविताएँ सुनने के बाद स्वामी ने कुमारु से कहा कि दूसरी रचनाएँ भी लाना। वे पढ़ने के इच्छुक थे। कुमारु की भी यही इच्छा थी। स्वामी जैसे एक महान गुरु उसकी रचनाओं को पढ़ने की इच्छा रखते हैं तो यह मामूली बात नहीं।

कुमारु के शब्दों में, आचरण में महान गुरु के प्रति गहन श्रद्धा प्रकट थी।

स्वामी ने कहा–

"कुमारु में कविता करने की क्षमता है। उसका विकास होगा, परन्तु..."

कुमारु संशयग्रस्त हो गया। गुरुदेव के 'परन्तु' का क्या अर्थ हो सकता है?

स्वामी ने ही स्पष्ट किया–

"शृंगारिक रचनाएँ लिखनी नहीं चाहिए।"

कुमारु ने जो रचनाएँ गुरु को दी थीं उनमें से कुछ तीव्र शृंगार भाव से ओतप्रोत थीं। उनमें कामुकता का आवेग था। कामुकता से भरी कविताएँ जीवन की कविताएँ बन नहीं सकतीं। जीवन की कविताएँ गम्भीर होती हैं।

कुमारु ने स्वामी के उपदेश को अपनी आत्मा में स्वीकार किया।

स्वामी ने मन-ही-मन कहा–भविष्य को दिशा देने में सक्षम युवा की खोज ही हुई है।

"वास्तव में केरल को दिशा देने में सक्षम कवि की खोज ही हुई थी।"

कुमारु स्वामी की तरह अपने एकान्त में लम्बे समय तक बैठा करता था। इस बीच उसका अध्ययन कार्य भी चलता रहता था। संस्कृत और तमिऴ के दार्शनिक ग्रन्थों का पारायण और उन्हें आत्मसात करने की प्रवृत्ति कुमारु में विकसित होती रही।

स्वामी की आध्यात्मिकता का गहरा प्रभाव कुमारु के व्यक्तित्व पर पड़ा था। बीच-बीच में कुमारु अलग-अलग पाठशालाओं में बच्चों को पढ़ाने का कार्य भी करता था। इसलिए 'आशान' शब्द उनके नाम से जुड़ गया–आशान याने गुरु। अब प्रदेशवासियों के बीच कुमारन आशान के नाम से वह चर्चित रहा।

मलयालम भाषा के महत्त्वपूर्ण कवि कुमारन आशान का विकास स्वामी के व्यक्तित्व के अनुरूप हुआ था।

अपनी कई कविताओं में कुमारन आशान ने गुरु के प्रति भक्ति-भाव को व्यक्त किया है।

स्वामी ने कभी नहीं चाहा कि कुमारु संन्यास जीवन की ओर मुड़े। उनके अन्तर्मन में यह विचार दृढ़ था कि कुमारु को नहीं चाहिए कि भक्ति और संन्यास का पथ अपनाये। इस कारण से ही कुमारु की उच्च शिक्षा के मामले में वे गम्भीरतापूर्वक विचार करने लगे।

बेंगलुरु में डॉ. पल्पु, जो प्रसिद्ध डॉक्टर के रूप में ख्याति प्राप्त थे, के बारे में स्वामी ने बहुत कुछ सुना था।

कुमारु को डॉ. पल्पु के यहाँ इसलिए भेज दिया गया था कि कुमारु की उच्च शिक्षा बिना किसी बाधा के साथ चल सके।

यह एक भविष्यद्रष्टा की दीर्घ दृष्टि थी।

स्वामी जिस तरह स्वयं को समाज के जागरण के लिए समर्पित थे उसी तरह वे अपने शिष्यों को भी समाज के उत्थान हेतु समर्पित होने के इच्छुक थे।

बेंगलुरु और कोलकाता में उच्च शिक्षा पूरा करके कुमारु स्वामी के पास आया। स्वामी ने कुमारु को प्रेरित किया कि वह श्रीनारायण धर्म परिपालन सभा का सचिव बने। स्वामी के शब्दों को वे टाल नहीं सकते थे। कुमारन आशान लम्बे समय तक इस सभा के सचिव रहे।

डॉ. पल्पु के प्रति स्वामी के मन में अपार स्नेह था। इसका प्रमुख कारण पल्पु का समर्पित स्वभाव रहा। दूसरा कारण उनके व्यक्तित्व का खुलापन। ये दोनों स्वामी के मन में पल्पु के प्रति प्रेम बढ़ने के कारण सिद्ध हुए।

पल्पु का बचपन कठिनाइयों के बीचों-बीच गुज़रा। एक अंग्रेज़ सज्जन की कृपा से पल्पु ने अंग्रेज़ी की शिक्षा पायी। फ़ीस देने की स्थिति नहीं थी। लेकिन अंग्रेज़ी अध्यापक ने अपने ख़र्च पर पल्पु को पढ़ाया, पुस्तकें दीं। पल्पु मेधावी छात्र था।

मेडिकल में दाख़िला मिलने के बाद भी केरल में वे शिक्षा प्राप्त न कर सके। वे निम्न समझे जाने वाले ईऴवा परिवार में जन्म हुआ था। इसलिए वे मेडिकल के अध्ययन हेतु बेंगलुरु चले गये। अच्छे अंकों में पल्पु मेडिकल की परीक्षा में उत्तीर्ण हुए।

कई यूरोपीय देशों में वे भ्रमण करते रहे और उच्च शिक्षा पाने का सौभाग्य उन्हें प्राप्त हुआ। अलग-अलग पदों पर रहकर उन्होंने समर्पण भाव से काम किया। उनके लिए मनुष्य मुख्य था।

सामाजिक कार्यकलापों में उसकी भागीदारी प्रशंसनीय रही है। समाज में जो समर्थ बच्चे हैं, जो आर्थिक कठिनाइयों के कारण पढ़ नहीं पा रहे हैं, उनकी मदद वे करते रहे। इस काम को उन्होंने कभी विज्ञापित नहीं किया। कुमारन आशान को उन्होंने अपने घर पर रहने की सुविधा दी।

सड़क के किनारे सोने वाले लोगों को, जो सर्दी में गिड़गिड़ाते रहते थे, कम्बल ओढ़वाना उनका एक काम था। वे हमेशा उस अध्यापक का स्मरण करते रहे, जिन्होंने पल्पु को पढ़ाने तथा अन्य सुविधाएँ दिलाने का कार्य किया था।

दूसरा उनका कर्मक्षेत्र अपने समुदाय के लोगों का, जो जात और अशिक्षा से हाशियाकृत थे, उत्थान वे चाहते थे। उस समय निम्न कहे जाने वाले लोग स्कूल नहीं जा सकते थे। यही, उनकी दृष्टि में सबसे बड़ी अस्वतन्त्रता थी।

सरकारी कार्यालयों के साथ वे निरन्तर लिखा-पढ़ी करते रहे जिससे सामान्य तबके के बच्चे शिक्षा पा सकें। उन्नति कर सके। सांस्कृतिक पिछड़ेपन से समाज हमेशा के लिए मुक्त हो जाये।

स्वामी विवेकानन्द को सर्वधर्म सम्मेलन के लिए भेजने में भी पल्पु की भूमिका थी। स्वामी विवेकानन्द की परम शिष्या सिस्टर निवेदिता का ब्रिटिश संसद के कई लोगों से परिचय था। उसका फ़ायदा उठा कर संसद में केरल के हाशियाकृत समाज के लिए सवाल उठाने का कार्य उन्होंने किया। ब्रिटिश सरकार ने त्रावणकूर सरकार से ईऴवा समाज के बच्चों की शिक्षा हेतु कई बार पूछताछ की। इन कार्रवाइयों से केरल की जाति केन्द्रित जड़ दृष्टि में धीरे-धीरे परिवर्तन आने लगे।

स्वामी विवेकानन्द ने पल्पु को उपदेश दिया था कि केरल में यदि जागरण के कार्यक्रम को आगे बढ़ाना है तो उसके लिए एक सन्त व्यक्ति का नेतृत्व अनिवार्य है। पल्पु के मन में श्रीनारायण गुरु का रूप ही पहले आया था।

समाज को नवीकृत करना उनका पहला लक्ष्य था। जात-पाँत का उन्मूलन दूसरा लक्ष्य था। शिक्षा में समानता की आवश्यकता तीसरा लक्ष्य था। स्वामी का पल्पु के प्रति स्नेह का कारण उनकी समर्पित भावना में निहित विराट मानवीयता ही रहा।

पल्पु के समर्पित सहयोग से तथा कुमारन आशान की कर्मठता से केरल में ईऴवा समाज के सदस्यों के उत्थान हेतु सांस्कृतिक आन्दोलन की नींव डाली गयी। आशान का सामाजिक कुरीतियों पर लिखा गया लम्बा मसौदा उस समय के इतिहास का अभिन्न अंग है। इसमें श्रीनारायण गुरु की भूमिका भी प्रशंसनीय रही।

10

स्वामी के भक्त अनुचरों की संख्या बढ़ती रही। अब केरल भर में उनके भक्त स्वामी को निरन्तर निमन्त्रित करते रहे।

स्वामी ने कभी भी ना नहीं कहा।

स्वामी ने अनुभव किया था लोगों के बीच रहकर ही कई प्रकार की समस्याओं के लिए समाधान ढूँढ़ा जा सकता है। उनसे अलग होकर नहीं। निरन्तर स्वामी यात्रा करते रहे

कई प्रदेशों में उन्हेंने मन्दिरों की स्थापना की। प्रतिष्ठा-कर्म सम्पन्न किया। अधिकतर मन्दिरों में शिव और कार्तिकेय (सुब्रह्मण्य) की मूर्तियों की उन्होंने प्रतिष्ठा की।

श्रीनारायण गुरु आध्यात्मिक गुरु थे। वे प्रकृति के उपासक भी थे। जहाँ कहीं वे जाते थे वहाँ की प्रकृति उन्हें आकर्षक लगती थी। प्रकृति को भी उन्होंने अपनी आत्मा में स्थापित किया था।

वर्कला एक ऐसा प्रदेश है जहाँ बहुत सारे टीले थे। एक टीले के ऊपर स्वामी ने एक पर्णकुटी बनायी और वहीं रहने लगे। पर्णकुटी के चारों तरफ़ उन्होंने कई पौधे लगाये। इस कार्य में उनकी कुशलता अद्‌भुत थी।

लोगों का आना-जाना शुरू हुआ। सचमुच वह एक आश्रम बन गया था। उस ज़मीन को स्वामी ने सरकार से आश्रम के नाम पर ले लिया। आसपास के कई लोगों ने अपनी-अपनी ज़मीन स्वामी के आश्रम के लिए दान में दे दीया।

वर्कला को दक्षिण की काशी भी कहते हैं।

अक्सर वर्कला के निवासी समुद्र तट पर श्राद्ध कर्म करते थे। स्वामी ने लोगों से अनुरोध किया कि सभी इस पर्णकुटी के आसपास श्राद्ध कर्म करें। सब सहमत हो गये।

वर्कला एक धार्मिक केन्द्र बन गया।

स्वामी ने शिष्यों से कहा–

"अब आवश्यकता एक विद्यालय की है जहाँ ग़रीब बच्चे शिक्षा प्राप्त कर सकें।"

आदिवासी बच्चों के लिए स्वामी ने एक रात्रि-पाठशाला भी खोली।

स्वामी ने कहा–

"यहाँ पर एक भव्य शिव मन्दिर की स्थापना भी होनी है।"

"शारदा मठ की स्थापना भी होनी है।"

श्रीनारायण गुरु द्वारा स्थापित यह प्रदेश 'शिवगिरि' के नाम से ख्यातिनाम हो गया।

स्वामी ने कई मन्दिरों की स्थापना की। स्थापना के बाद विशेष अवसरों पर कई प्रकार के आडम्बरपूर्ण कार्य सम्पन्न होते थे जिनसे स्वामी सहमत नहीं थे।

प्रसिद्ध सामाजिक कार्यकर्ता मूर्कोत्तु कुमारन से स्वामी ने कहा–

"मन्दिरों में अलग-अलग प्रकार के कार्यक्रमों के लिए प्रभूत मात्रा में धन का जो व्यय होता है, उसको रोका जाना चाहिए। उसकी कोई आवश्यकता नहीं है। मन्दिरों में बड़े-बड़े कक्ष हों जहाँ लोग आराम से रह सकें और भाषण आदि प्रस्तुत करने की सुविधा भी हो। प्रत्येक मन्दिर के साथ विद्यालयों का होना ज़रूरी है। बाग़-बग़ीचे की भी ज़रूरत है। बच्चों के लिए व्यवसाय सम्बन्धी प्रारम्भिक शिक्षा देने की सुविधा भी वहाँ होनी चाहिए। मन्दिरों में जो धन आता है उसका ग़रीब लोगों की प्रोन्नति के लिए उपयुक्त बनाया जाना अनिवार्य है।"

शिवगिरि के शारदामठ के पास बैठकर स्वामी ने अपना आत्ममन्थन शुरू किया। शिष्यों से कहा गया वे आराम करें। वे वास्तव में एकान्त चाहते थे।

आकाश तारों से भरा था। रात घनी थी। कुछ पक्षियों की आवाज़ आ रही थी।

स्वामी ने स्वयं से कहा–

"दिन हो या रात, यह धरती जाग्रत रहती है। धरती का जाग्रत रहना क्यों अनिवार्य है।"

स्वामी ने फिर कहा–

"यह सक्रियता मानव राशि के लिए आवश्यक है। मनुष्य या अन्य प्राणी रात को सो सकता है। धरती सो नहीं सकती। इससे हमें एक सबक मिलता है। सबको जीवित रखने के लिए धरती जगी रहती है, सक्रिय रहती है। उसी तरह कम से कम

कुछ लोगों को दूसरों के जीवन को अग्रगामी बनाने के लिए जगे रहना पड़ता है। ऐसे लोगों की आत्मा के अंशदान से ही दुनिया जीवित रहती है।"

स्वामी ने स्वयं से पूछा–

"क्या मेरे जीवन के मार्ग तथा लक्ष्य सही हैं? मेरे कहने मात्र से लोग सुपथ पर आये हैं? उच्च-नीचत्व ख़त्म नहीं हो रहा है। ग़रीबी और अशिक्षा ख़त्म नहीं हो रही है। स्वार्थ का महामेरु अडिग खड़ा है। जाति केन्द्रित विचार भी बलिष्ठ क्यों है? धर्म और जात का असर इतना गहन क्यों है?"

स्वामी ने टीले से देखा। इधर-उधर टिमटिमाते कुछ दीये दिखाई दे रहे थे। ऊपर आकाश में तारे भी झिलमिला रहे थे।

अँधेरा घना है।

गहन है वह।

"क्या इस गहन अँधेरे को पार कर रोशनी की दुनिया में मैं प्रवेश कर पाऊँगा?"

स्वामी को महसूस हुआ कि उनके अन्तर्मन से कोई कह रहा है–

अँधेरा भेदने के लिए ही है। रोशनी का जगत दूर नहीं है। रोशनी आसानी से नहीं मिलती। यह लोगों की आत्मा की रोशनी है। तुम्हें उसी रोशनी की खोज करनी है।

11

केरल के उत्तरी भागों में भी स्वामी से सम्बन्धित क़िस्से प्रचारित होने लगे थे। तलश्शेरी के कुछ प्रमुख व्यक्तियों ने स्वामी से अनुरोध किया कि वे एक बार आयें और लोगों का उद्‌बोधन करें।

"स्वामी, आप मुख्य रूप से दक्षिणी भागों में ही रहते हैं। अभी तक आप हमारे प्रदेश में पधारे नहीं हैं।"

"आप लोग मुझसे क्या चाहते हैं?"

"वहाँ का तिया समाज दो भागों में बँटा है। पढ़े-लिखे युवकों में आस्था का अभाव है। लेकिन बहुसंख्यक लोग ग़रीब हैं, पर आस्थावान हैं। फिर दो दलों में बँटे हुए समाज में मन्दिर की स्थापना, कुछ लोगों के अनुसार कठिन कार्य है।"

"फिर क्या किया जाये?" स्वामी ने पूछा।

"तलश्शेरी के प्रमुख समाज सेवी कोट्टियत्तु रामुण्णी जी ने घोषणा की है कि मन्दिर की स्थापना होगी।"

स्वामी ने कहा–

"मन्दिर ही मन्दिर को बनायेगा।"

बीच-बीच में स्वामी मन्दिर के निर्माण कार्य की प्रगति के बारे में जानकारी लेने कुमारन आशान को भेज देते थे।

ग़रीब लोगों के एकजुट होने से, उनके निर्व्याज अनुदान से मन्दिर बन गया। धन की कमी नहीं हुई।

स्वामी का कथन ठीक हो गया। "मन्दिर ही मन्दिर को बनायेगा।" तलश्शेरी में निर्मित उस मन्दिर को 'जगन्नाथ मन्दिर' नाम से स्वामी ने अभिहित किया।

इस मन्दिर में समाज के निम्नतम तबके के लोग भी प्रवेश पा सकते हैं, यही स्वामी की राय थी। 'पुलय' जाति के लोग मन्दिर में आ सकते हैं। इसको लेकर वाद-विवाद हुआ। लेकिन अन्तिम निर्णय लेने का अधिकार स्वामी को ही दिया गया था।

अपने सौम्य स्वर में स्वामी ने घोषणा की–

"मन्दिर में पुलया जाति के लोगों को प्रवेश देना है।"

मूरकोत्तु कुमारन स्वामी के सच्चे अनुयायी थे। उन्हीं के नेतृत्व में केरल के उत्तरी भाग तलश्शेरी में जगन्नाथ मन्दिर की स्थापना हुई थी।

एक दिन मूरकोत्तु कुमारन स्वामी से मिलने आये–स्वामी ने उनका स्वागत किया।

"स्वामी, आज मेरा हृदय अशान्त है। अशान्ति के कारण ही मैं आपसे मिलने आया हूँ।"

"अशान्ति की वजह?"

"मन्दिर में सभी के प्रवेश की आपकी घोषणा ऐतिहासिक है। लेकिन अपनी घोषणा के महत्त्व को हमारे ही लोगों में से कइयों ने समझा नहीं। मेरी अशान्ति का कारण यही है।"

"इसमें आपको अशान्त होने की कोई अवश्यकता नहीं। आप जिस तरह से अपने को सही मान रहे हैं उसी तरह, जिन भाइयों ने विरोध किया, वे भी सही हैं। फ़र्क़ इतना ही है कि आपकी दूरदर्शिता उनमें नहीं है। वे बेचारे अदूरदर्शी हैं। लेकिन वे ग़लत नहीं हैं। खुले आम उन जनों ने अपना विरोध प्रकट किया। इस समाज में हर कोई स्वतन्त्र है। स्वतन्त्रता का यह अर्थ नहीं होना चाहिए कि वह दूसरों की स्वतन्त्रता पर हस्तक्षेप करें। उन मित्रों ने समाज के एकदम निचले तबके के लोगों को मन्दिर में प्रवेश देने को लेकर अपना विरोध प्रकट किया। परोक्ष रूप से वे सवर्ण समाज के पक्षधर हो रहे थे। यही उनकी अदूरदर्शिता है।"

"समय का सच अति गहन है। इस अति गहन सच को वे समझ जायेंगे। आप यह देख सकेंगे।"

"आप अपने हृदय से अशान्ति को दूर करिए। अशान्ति एक तरह से संशय का ही दूसरा रूप है जो विनाश का कारण बन सकता है।"

"हमारी परम्परा की कई सकारात्मक स्थितियों के बावजूद हम नकारात्मक स्थितियों को भी देख सकते हैं। नकारात्मकता कुछ अधिक है। हमारी परम्परा ने यह मान लिया था हम सब ईश्वर की सन्तानें हैं। लेकिन अपने सगे-सम्बन्धियों को छोड़कर बाकी सबको ग़ैर, अस्पृश्य समझने की नकारात्मक दृष्टि सुदृढ़ होती गयी। कारण सरल है। इसके पीछे अधिकार की ताक़त है। सब समान हैं तो कोई अधीनस्थ नहीं होगा। समानता को हमने शब्दों तक सीमित किया। उसे आचरण से अलग रखा। इस मामले में हमारी परम्परा की बुद्धिमत्ता इस बात में है कि सुविधा के अनुसार हमने कई सकारात्मक स्थितियों को क्वचित रखा।

इसके लिए समाज को उन्हें विभाजित करना ही था। यह ग़लत परम्परा दीर्घ काल से चली आ रही है।"

"अब समय आ गया है। इस नकारात्मक दृष्टिकोण को हटाना ज़रूरी है। इसलिए मैंने यह घोषणा की थी कि मन्दिर में सबका प्रवेश हो। जीवन पवित्र है तो मन्दिर में प्रवेश को लेकर कैसा वाद-विवाद है?"

"आप निश्चिन्त होकर जाइए। अशान्ति से मुक्त रखिए अपने को।"

विनम्रतापूर्वक अभिवादन करने के बाद मूर्कोत्त कुमारन ने स्वामी से बिदा ली।

12

स्वामी अपने पौधों को पानी दे रहे थे। पौधों और पेड़ों के प्रति उनके मन में इतना प्रेम था कि उन्हें वे अपने सहजीवी मानते थे। पानी या खाद डालते समय वे अपने लगाये पौधों और पेड़ों से बात भी करते थे।

"आश्रम को ख़ूबसूरत बनाने का धर्म तुम लोगों का है।"

"मेरे सहचरो, तुम्हारे कारण ही हम हैं।"

"तुम लोगों से लोग सीखते नहीं हैं, फ़ायदा उठाते हैं।"

"तुम्हारी हर पत्ती, हर शाखा, हर फूल और हर फल तुम दूसरों को देते हो, अपने लिए नहीं रखते हो।"

"पत्तियाँ सब्ज़ी के लिए रख देते हैं, या फिर दवाइयों के काम आती हैं। फूल सजावट के लिए, मन्दिर की मूर्तियों पर चढ़ाने के लिए तोड़ते हैं। फल खा लेते हैं। यह दान है। पर कोई सीखे, तब न।"

"मेरे मन में एक आशय उठ रहा है। भविष्य में जहाँ भी मन्दिर की स्थापना हेतु लोग बुलाये तो मैं एक वृक्ष को भी रोप दूँगा। उस स्थान पर कालान्तर में वह वृक्ष बड़ा हो जायेगा। लोग उसकी पूजा करेंगे। यह प्रकृति की पूजा होगी और अन्ततः मानवता की पूजा होगी।"

उस समय जो शिष्य, अपना काम निपटाकर, स्वामी के पास आये, उन्होंने प्रश्न किया–

"स्वामी, आप अपने से ही बात कर रहे हैं।"

"सभी अपने आप ही बात कर रहे हैं।"

बागवानी के काम से निपटकर स्वामी ने शिष्यों से कहा–

"अपने साथियों को बुलाओ। आप लोगों से मुझे एक ज़रूरी बात करनी है।"

कुछ ही समय में सभी शिष्य आ गये।

स्वामी ने पूछा–

"आप जानते ही हैं कि अब तक मैंने कई मन्दिरों की स्थापना की है। शिव, कार्तिकेय और देवियों की प्रतिष्ठा मैंने की है। आप लोगों की क्या राय है?"

"स्वामी, आपके द्वारा स्थापित मन्दिरों और आप द्वारा प्रतिष्ठित मूर्तियों के दर्शन के लिए लोग लगातार आ रहे हैं। प्रार्थना कर रहे हैं। एक नयी आस्था की जागृति हुई है।"

स्वामी ने चिन्तित स्वर में कहा–

"मन्दिर, प्रतिष्ठा और आराधना को लेकर मेरे मन में कुछ नये विचार उद्भूत हो रहे हैं। लोगों का हृदय रोशनी से भर देना मेरा उद्‌देश्य है। रोशनी से तात्पर्य यही है कि अपने में निहित अँधेरे को दूर करना। जब तक आदमी अपनी आन्तरिक रोशनी को देख नहीं पाता तब तक मन्दिर और उसकी आराधना व्यर्थ है। यह आन्तरिक रोशनी ही उसकी वास्तविकता है।"

शिष्य मौन रहे।

स्वामी ने अपनी बात जारी रखी।

"आप लोगों को स्मरण होगा कि अरुविप्पुरम में हमने जिस शिवलिंग की प्रतिष्ठा की है और लोगों ने भक्तिपूर्वक उस प्रतिष्ठा का स्वागत किया। अच्छी बात है। उनके मनोमण्डल में शिव बसे हुए थे। इस अवस्था से भी आस्था जन्म ले सकती है। किन्तु वास्तविक आस्था उनकी ज्ञान-शक्ति से ही सम्भव है। ज्ञान का उदय होना ही अभीष्ट है।"

शिष्यों ने पूछा–

"इसके लिए क्या करना चाहिए?"

"तिरुवनन्तपुरम के पास मुरुक्कुमपुऴा से कुछ भक्त आये थे। उनके निमन्त्रण को स्वीकृति दीजिए। तिथि और समय की सूचना भी।"

"ठीक है स्वामी।"

निश्चित तिथि पर स्वामी मुरुक्कुमपुऴा पहुँच गये। स्वामी अतीव गम्भीर दिखाई दे रहे थे। प्रतिष्ठा के पहले वे ध्यानमग्न हो गये।

अपनी ध्यानावस्था से जागने के पश्चात स्वामी ने भक्तों को सम्बोधित किया–

"इस बार पारम्परिक प्रतिष्ठा-कार्य नहीं होगा। इस प्रसिद्ध मन्दिर में आप सब लोगों को साक्षी बनाकर मैं एक दीप की प्रतिष्ठा करना चाहता हूँ। यह दीप रोशनी का विराट् प्रतीक है। इसके माध्यम से आप में से हर भक्त दूसरों तक रोशनी बिखेर सकेगा। हमारे आसपास अन्धकार है। वह संकीर्ण मनोभावों का अन्धकार है। अन्धकार में खुलापन नहीं है, जबकि रोशनी में आप मात्र खुलापन अनुभव कर

सकते हैं। रोशनी में आप एक-दूसरे को पहचान सकते हैं। मेरी इच्छा यही है आपके जीवन से, समाज से अन्धकार हमेशा के लिए दूर हो जाये।"

स्वामी ने प्रतिष्ठा-स्थान पर एक दीप रख दिया।

उसको स्वामी ने जलाया।

मन्दिर का गर्भगृह प्रभा से पूरित हो गया। उस प्रतिष्ठा-स्थान पर उन्होंने यह भी लिखा–

सत्य...धर्म...दया...स्नेह।

वास्तव में स्वामी ने सत्य की रोशनी की प्रतिष्ठा की।

वह धर्म की रोशनी की प्रतिष्ठा थी।

वह दया की रोशनी की प्रतिष्ठा थी।

वह स्नेह की रोशनी की प्रतिष्ठा थी।

मन्दिर के गर्भगृह में वह दीप जल रहा था।

मन्दिर के बाहर कई भक्त थे। उनसे श्रीनारायण गुरु ने अपने सौम्य एवं दीप्त स्वर में कहा–

"इस मन्दिर का दीप और उसकी रोशनी अपने जीवन के अन्धकार को दूर करने में सहायक है। यह एक दीप की रोशनी नहीं। यह आप में निहित, आपकी आत्मा में निहित रोशनी है। इसे सदैव जलाये रखिए।"

आश्रम में वापस आकर स्वामी अपनी ध्यानावस्था में मग्न हो गये। उससे जगने के उपरान्त स्वामी ने शिष्यों को बुलाया–

"आज मैं प्रसन्न हूँ।"

"मेरी प्रसन्नता का कारण ज्ञान के दीप का आज मैं दान कर सका।"

"भक्ति में आस्था और ज्ञान का मिश्रण आवश्यक है।"

"आज एक नये युग का नया दीप जला सका।"

सन् 1928।

चेर्तला के पास कलवंकोटम में स्वामी को जाना था। वहाँ एक मन्दिर का प्रतिष्ठा-कर्म था। कार्यकर्ताओं ने मूर्ति बनवाकर रखी थी। जब स्वामी पहुँच गये तो आदरपूर्वक लोगों ने उनका स्वागत किया।

प्रतिष्ठा-कर्म को लेकर वहाँ उपस्थित लोग दो दलों में बँट चुके थे।

एक दल का कहना था–

"मूर्ति-प्रतिष्ठा लोगों को अन्धविश्वास की ओर ले जा सकती है।"

दूसरे दल का कहना था–

"लम्बे समय से चली आनेवाली परम्परा को बन्द करना ठीक नहीं।"

दोनों दल अपने-अपने तर्क पर अडिग थे। शोर-शराबा भी था। उसी समय स्वामी का आगमन हुआ था। स्वामी उस दृश्य को देखते रहे। वे बीच-बीच में मुस्कराते थे।

प्रत्येक दल ने स्वामी से बातचीत की। बातचीत का दौर चलता रहा। वह एकतरफा बातचीत थी। स्वामी ज़्यादा बोलते नहीं। बीच में कभी कोई मर्मस्पर्शी प्रश्न करते थे। बस। उनका चेहरा शान्त ही रहता था।

स्वामी का स्वभाव था कि वे दूसरों को सुनने के इच्छुक थे। उनकी दृष्टि में कोई बात अनसुनी न रह जाये।

जो मूर्ति बनवाकर रखी हुई थी उसकी तरफ़ देखते हुए स्वामी ने यह नहीं कहा कि मूर्ति की आवश्यकता नहीं। उन्होंने यह भी नहीं कहा कि मूर्ति की आवश्यकता है। किसी भी प्रकार की घोषणा उन्होंने नहीं की।

स्वामी के चेहरे पर मुस्कान थी।

उनकी आँखें अगाध प्रतीत हो रही थीं।

स्वामी ने पास खड़े कार्यकर्ता से कहा–

"एक आईना लाइए।"

कुछ ही क्षणों में आईना लाया गया।

स्वामी ने आईने में अपनी ऊँगली से 'ॐ' लिखा।

वे उस आईने को, जिसमें उन्होंने स्वयं 'ॐ' लिखा था, देखते रहे। अपने प्रतिबिम्ब को वे कुछ समय तक देखते रहे। सभी लोग आश्चर्यचकित होकर देख रहे थे।

स्वामी ने सौम्य स्वर में कहा–

"साथियो, क्यों न हम इसकी प्रतिष्ठा करें?"

उपस्थित लोगों के उत्तर की प्रतीक्षा किये बिना स्वामी ने आईने का प्रतिष्ठा-कर्म पूरा किया।

लेकिन स्वामी ने अपने इस विशेष कर्म का स्पष्टीकरण नहीं किया।

उसमें अन्तर्भूत गहन तत्त्वों का विश्लेषण उन्होंने प्रस्तुत नहीं किया। उनके आचरण में ऐसा कोई भाव नहीं कि उन्होंने एक नूतन जागरण-कार्य का सूत्रपात किया।

शान्ति दूत की तरह स्वामी का आगमन हुआ था। ज्ञान-मीमांसक की तरह उनका प्रस्थान भी हुआ।

आईने की प्रतिष्ठा को लेकर चर्चाएँ चलती रहीं। अपने अन्तर्मन में मुस्कुराने वाले स्वामी ने मन-ही-मन कहा–

"चर्चाएँ ज़रूरी हैं। चलती रहें। वाद-विवाद ज़रूरी है, लेकिन अनावश्यक कोलाहल नहीं। विचारों का आदान-प्रदान ज़रूरी है। लोगों के बीच संवाद ज़रूरी है। वह समाज तक प्रसारित होता रहे। विचार-विमर्श के अभाव में कोई भी समाज कल्याणकारी नहीं हो सकता। जिस समाज में संवाद अर्थपूर्ण ढंग से चलेगा वहीं नयी संस्कृति पल्लवित-पुष्पित होगी।"

कलवंकोटम मन्दिर में आईने की प्रतिष्ठा के पश्चात कारमुक्क में भी स्वामी ने दीप की प्रतिष्ठा की। वैक्कम के पास उल्लला में स्वामी ने आईने की प्रतिष्ठा की। दीप और आईने की प्रतिष्ठा के माध्यम से स्वामी ने पौरोहित्य की परम्परा को हमेशा के लिए बन्द किया।

स्वामी ने कहा–

"पुरोहित अनजान आदमी है।"

उनका मानना था कि आईना दैविक शक्ति की एकाग्रता का प्रतीक है। आईना सत्य का प्रतिपादन है। वह ज्ञान की चिह्न व्यवस्था का सूचक है जब कोई आईने में अपना प्रतिबिम्ब देखता है तो वह स्वयं को जानना शुरू करता है; स्वयं जानते हुए वह ईश्वर को जगाना शुरू करता है। वह ज्ञान को जगाना है और उसके आनन्द का परिज्ञान भी है। अपनी रचना 'दैवशतकम्' में स्वामी ने लिखा था–"तू सत्य एवं ज्ञान का आनन्द भी...।" आईने में कोई भी अपने को नहीं बल्कि अपनी आत्मा को ही देखता है। स्वामी के अनुसार यही आत्मज्ञान है।

13

शिवगिरि में स्वामी ने शारदा की प्रतिष्ठा की। उसके दूसरे दिन में वे अपने एक शिष्य के साथ यात्रा पर निकले। कार्तिकापळ्ळी के अपने एक भक्त के घर पर स्वामी अपने शिष्य के साथ ठहरे।

उस भक्त ने पूछा–

"स्वामी, इतनी जल्दी आपने शिवगिरि छोड़ क्यों दिया?"

स्वामी ने शान्त भाव से कहा–

"वहाँ की सारी ज़िम्मेदारियाँ सौंपी जा चुकी हैं।"

"हमें थोड़ी-सी ज़मीन की ज़रूरत है जहाँ हम शान्ति का अनुभव कर सकें।"

"जैसी स्वामी की इच्छा।"

"आलुवा कैसी जगह है?"

"मुझे वह जगह अच्छी लगी।"

"स्वामी, वहाँ ज़मीन का भाव कुछ ज़्यादा है। बहुत धन की ज़रूरत पड़ेगी।"

"सब कहीं धन ही धन है।"

तीनों आलुवा की ओर प्रस्थान कर गये। रास्ते में चेर्तला के स्वामी भक्तों ने उनका स्वागत किया। उनके द्वारा बहुत धन इकट्ठा हुआ।

स्वामी की यात्रा ज़ारी रही। यात्रा करना स्वामी चाहते भी थे। अलग-अलग प्रदेश, वहाँ की आबोहवा, अलग-अलग स्वभाव के लोग। प्रकृति की सुन्दरता–स्वामी उन सबका आस्वादन ख़ूब करते थे। ख़ासकर प्रकृति का।

पेरियार के तट पर आलुवा में स्वामी ने अपने आश्रम के लिए ज़मीन ख़रीदी। वहीं पर स्वामी द्वारा स्थापित अद्वैत आश्रम का आरम्भ हुआ। भले ही आलुवा शहर से सटा हुआ प्रदेश है, फिर भी आश्रम का स्थान इतना शान्त और पवित्रता का आभास देने वाला था।

अस्थायी आश्रम बाढ़ में बह गया। इस कारण से एक दूसरा आश्रम बनवाना पड़ा। स्वामी की इच्छा थी कि वहाँ पर एक पाठशाला का आरम्भ भी किया जाये। स्वामी के अथक परिश्रम से एक संस्कृत पाठशाला का आरम्भ हुआ।

समाज के सभी जातियों के विद्यार्थी उस पाठशाला में अध्ययन के हक़दार थे। उच्च-नीचत्व की कोई बात वहाँ पर नहीं चलती थी।

आलुवा के अद्वैत आश्रम में स्वामी ने मन्दिर की स्थापना नहीं की, वहाँ पर कोई प्रतिष्ठा भी उन्होंने नहीं की। अद्वैत दर्शन का वह स्थान था जहाँ अवर्ण, सवर्ण और अहिन्दू लोग अपने ज्ञानार्जन के लिए काम कर सकते थे।

आलुवा आश्रम में रहते समय त्रिश्शूर के कुछ सज्जन स्वामी से मिलने आये। वे स्वामी से एक मन्दिर भी स्थापना कराना चाहते थे।

उस यात्रा के दौरान एक पत्रकार ने स्वामी से पूछा–

"क्या मन्दिर की ज़रूरत अब भी है?"

स्वामी का मृदु स्वर में प्रश्न था–

"क्यों नहीं?"

बहुत स्पष्ट शब्दों में स्वामी ने पत्रकार से मन्दिर सम्बन्धी अपनी परिकल्पना व्यक्त की–

"मन्दिर आवश्यक नहीं है। मुख्य बात यह है उसे अनुष्ठानों और पर्वों का स्थान नहीं होना चाहिए। स्वच्छता और सफ़ाई का केन्द्र स्थान हो। स्वच्छता का अनुसरण वहाँ आने वाले सभी लोग करें। ऐसे एक स्थान पर क़दम रखते ही लोगों के हृदय में अच्छे विचार आयेंगे। वहाँ अच्छी बातें होती रहेंगी। सभी ईश्वर का स्मरण करेंगे। यह एक पवित्र कार्य है। आत्मा की अपनी पवित्रता है। मन्दिर को पवित्र बनाने का कार्य भक्तों को ही करना चहिए। ऐसे में मन्दिर रूढ़ियों से मुक्त हो जायेंगे। उसका प्रभाव समाज पर ही पड़ेगा। समभाव और सद्भाव से प्रेरित विचारधारा समाज को भी बदल सकती है। इस अर्थ में मन्दिर की आवश्यकता है।"

पत्रकार ने मूर्तियों की प्रतिष्ठा की बात उठायी–

मन्दिर में प्रवेश करते ही मूर्ति के बारे में हम विचार करते हैं। हम ईश्वर का स्मरण करते हैं। सभी मूर्ति की आराधना नहीं करते हैं। वे ईश्वर की आराधना करते हैं। इसे ही आस्था कहते हैं। ईश्वरीय आस्था ही, यदि वह पवित्र आस्था है, तो वह मानवीय आस्था में परिणत हो सकती है। मानवीयता के अभाव में ईश्वरीय आस्था का कोई महत्त्व नहीं है। मनुष्य में जब हम ईश्वर के तत्त्व का अनुभव करते हैं तो इन बाहरी आडम्बरों का क्या मूल्य?"

स्वामी ने फिर कहा–

"मन्दिर में बाग़-बग़ीचे की आवश्यकता है। वृक्षों को रोपने के बाद उसके लिए चबूतरों की भी आवश्यकता है। खुलापन भी ज़रूरी है ताकि अच्छी हवा आ जाये। लोग वहाँ आराम कर सकें। अध्ययन-मनन कर सकें। मन्दिर को एक पवित्र जगह की तरह रहने दीजिए। आस्था के प्रतीक-स्थान की तरह। वहाँ के वातावरण को पूरी तरह से बदलना चाहिए।"

"यदि जगह साफ़-सुथरी हो, खुली हो तो वहाँ लोग आयेंगे। प्रकृति के खुले सान्निध्य के कारण उसका असर लोगों की सेहत पर पड़ता है, किसी भी प्रकार का प्रदूषण वहाँ पर होना नहीं चाहिए। आबोहवा अच्छी हो तो उस प्रदेश विशेष के लोग रोगों से मुक्त हो सकते हैं।"

"संकुचित मानसिकता पिछड़ेपन को सूचित करती है। वह उच्च है, वह निम्न है, वह धनवान है, वह ग़रीब है, वह शिक्षित है, वह सभ्य है, वह असभ्य है–यह कौन तय करता है। किसी को इसके लिए अधिकार नहीं दिया गया है। यदि कोई सच्चा मनुष्य है, आस्थावान है, भक्त है तो दूसरों पर सवार नहीं हो सकता। जाति की बात मनुष्य निर्मित है। मनुष्य की एक ही जाति है। धर्म भी मनुष्य निर्मित है। दुनिया में मात्र एक ही धर्म है। वह मानवीय धर्म है। उससे जो कोई विचलित होता है वही विधर्मी है।"

"पत्रकार भाई, मन्दिर आवश्यक है। लेकिन वह अन्धकार फैलाने में सहायक कोई केन्द्र न बने। एक वास्तविक मन्दिर भक्तों के हृदय, सभी जनों के हृदय में रोशनी का स्त्रोत स्थान बने।"

पत्रकार ने विनम्रतापूर्वक स्वामी का अभिवादन किया और विदा ली।

'दैवशतकम्' नामक अपनी रचना में ईश्वरीय आस्था को सटीकता के साथ स्वामी ने व्यंजित किया है–

तू ही सत्य, ज्ञान-आनन्द
तू ही वर्तमान
भूत और भविष्य
... ...
... ...
तेरी अगाध जलधि में
हम डूबना चाहते हैं
उसी में वास करना है
आनन्द प्राप्त करना है।

14

स्वामी की अध्यक्षता में परवूर में (कोल्लम जिला) ईऴवा महासभा का आयोजन हुआ। इसी सभा में स्वामी ने सामाजिक जागरण की बात की और ईऴवा समाज में व्याप्त कई रूढ़ियों का विरोध किया। शादी के अवसर पर, लड़कियों के सयानी होने पर कई रूढ़ियाँ प्रचलित थीं। मुख्य रूप से इन रूढ़ियों के पालन हेतु अपार धन का व्यय होता था। उससे अधिक रूढ़ियों के प्रति ग़ुलामी मानसिकता ही विकासित होती थी। इस मानसिकता ने कई अन्धविश्वास के प्रचार-प्रसार में योग दिया। बाल-विवाह उनमें से एक है। युवतियाँ ब्लाउज नहीं पहन सकती थीं। यह धारणा रूढ़मूल हो गयी थी कि कमर के ऊपर वस्त्र पहनना ग़लत माना जाता था। रूढ़ियों से जकड़ी हुई उस जड़ सामाजिक दृष्टि को जड़ से उखाड़कर फेंकना ज़रूरी था।

सबसे पहले स्वामी ने समर्पित कार्यकर्ताओं का चयन किया। वे अच्छे वक्ता भी थे। उनके भाषण हेतु स्वामी ने विषयों का चयन किया। सन् 1905 में ऐसे वक्ताओं के लिए दिये गये सन्देश में ख़ासकर चार विषय सुझाये गये थे–

पहला–धर्म

दूसरा–सदाचार

तीसरा–शिक्षा

चौथा–व्यवसाय

वक्ताओं से कहा गया कि समाज के लिए आम तौर पर इन चार विषयों पर भाषण देना आवश्यक है।

उसका विस्तृत विवरण इस प्रकार है–

धर्म के नाम पर अन्धविश्वासों और हिंसक वृत्तियों की रोकथाम ज़रूरी है। दुर्देवताओं की आराधना भी नहीं होनी है।

धर्म की आस्था और उसके महत्त्व पर भाषण देना चाहिए। सगुण-निर्गुण दर्शनों पर भी भाषण देना चाहिए।

जहाँ ज़रूरी है वहाँ मन्दिरों की स्थापना हो सकती है। किसी तरह की, पर-निन्दा, ख़ासकर दूसरे धर्मों के प्रति, वर्जित होनी चाहिए। सदाचार का पालन अनिवार्य है–

सत्य, शुचिता, आस्था एवं एकता पर ज़ोर हो।

पुरानी रूढ़ियों का निराकरण आवश्यक है, शिक्षा अनिवार्य है–

शिक्षित होने से प्राप्त होने वाले गुणों एवं अशिक्षित रहने से जो दुर्गण हैं उनके सम्बन्ध में विस्तार से भाषण होना चाहिए। समाज में सभी स्त्री-पुरुष प्राथमिक शिक्षा अवश्य प्राप्त करें। जहाँ-जहाँ ज़रूरी है वहाँ समुदाय की तरफ़ से पाठशाला खोलने की तथा उचित ढंग से उसको चलाने की व्यवस्था होनी चाहिए। पुस्तकालयों की भी आवश्यकता है।

व्यवसाय समाज के विकास के लिए अनिवार्य है–

खेती, कारोबार और हस्तकला आदि को समुचित ढंग से विकसित किया जाना चाहिए। मितव्यय पर ज़ोर देना चाहिए। अलसता के विरुद्ध भी भाषण में ज़ोर देना चाहिए।

स्वामी यही चाहते थे कि समाज अनाचारों से मुक्त हो, रूढ़ियों से सर्वथा मुक्त हो। मानवीयता की नयी रोशनी से प्रत्येक व्यक्ति उत्थान कर सके। इसके लिए स्वामी ने प्रत्येक प्रदेश के प्रमुख व्यक्तियों के नाम पर पत्र लिखे। उन प्रमुखों से अनुरोध किया गया कि नयी रीतियों के पालन हेतु, जो रूढ़ियों से स्वतन्त्र हैं, समर्पित भाव से कार्य करें। अपनी वरिष्ठता का लाभ समाज के सभी लोगों को मिलना चाहिए।

'विवेकोदयम्' पत्रिका में स्वामी ने विवाह की नयी रीतियों के बारे में विस्तार से लिखा–

"श्रीनारायण गुरु स्वामी की नवीकृत विवाह-विधियाँ।"

'ॐ शरदाम्बयै नमः'

स्वामी ने विवाह कर्म की ये विधियाँ बतायी थीं। सबके सब इतनी सरल, आस्था से पूरित तथा यथार्थपरक थीं जिनका कम समय में, धन-व्यय के बिना पालन सम्भव था।

अपने धन-वैभव को, समाज में अपनी प्रमुखता स्थापित करने हेतु विवाह के अवसर पर अपार धनराशि का व्यय नहीं होना चाहिए।

स्वामी ने दृढ़ स्वर में बताया–

"अधिकाधिक दस सदस्य, जो दूल्हा-दुल्हिन के निकट के हों, ही विवाह में भाग लें।"

नेय्याट्टिनकरा का एक प्रमुख व्यक्ति, ईऴवा समाज में उनका प्रमुख स्थान था, अपनी इकलौती बेटी की शादी आडम्बर के साथ करवाना चाहता था। कई-कई प्रमुख व्यक्ति उसके लिए आमन्त्रित थे।

वह स्वामी का भक्त था। शादी की आडम्बरपूर्ण तैयारियाँ चल रही थीं।

किसी ने स्वामी को आते हुए देखा और उसने ऊँची आवाज़ में कहा–

"स्वामी जी पधार रहे हैं।"

आदरपूर्वक स्वामी का स्वागत किया गया।

स्वामी ने दुल्हिन के पिता को पास बुलाया और सौम्य भाव से कहा–

"हमने आप लोगों को आगाह किया था कि विवाह इस तरह सम्पन्न नहीं किया जाना चाहिए। आप लोग इन बातों का पालन नहीं कर रहे हैं। आप लोगों की भलाई के लिए ऐसी बातें कही गयी थीं। यदि मुझ पर भरोसा है तो इतनी सारी रूढ़ियों और आडम्बर को त्याग देना उचित है।"

"जैसे आपकी आज्ञा। हमारे परिवार में आगे ऐसा नहीं होगा।"

"यदि आपको ग़ैरज़रूरी लग रहा है तो इसी शादी को सरल ढंग से कर दीजिए। इससे आपकी कोई हानि नहीं होगी।"

"बुजुर्ग लोग, पता नहीं, क्या सोचेंगे?"

"आपकी सहमति है क्या? वह बताइए। बुजुर्गों से मैं स्वयं बात करूँगा।"

"जैसे स्वामी जी की आज्ञा। मेरी पूरी सहमति है।"

उपस्थित सभी लोगों से स्वामी ने बात की और सबने स्वामी की बात का अनुसरण किया।

दुल्हिन की माँ इस अप्रत्याशित घटना से बिल्कुल विचलित नहीं हुई। आदरपूर्वक उस माँ ने स्वामी का अभिनन्दन किया।

स्वामी ने वहाँ उपस्थित बहुत सारी लड़कियों को पास बुलाया और अपने हाथ से उन्हें फूल एवं फल दिया। उनसे अनुरोध किया गया कि वे अन्दर जायें।

स्वामी ने पास खड़े एक आदमी से कहा कि वे यह घोषणा करें कि पुरानी रीति की यह शादी रोक दी गयी है। सरल ढंग से यह शादी सम्पन्न होगी। वहाँ उपस्थित कोई भी अपने यहाँ इस तरह शादी न करायें।

स्वामी की आज्ञा का पालन आदर के साथ किया गया।

15

ईऴवा परिवारों में नाग-पूजा की प्रथा क़ायम थी। प्रत्येक परिवार में नाग मन्दिर का प्रावधान था। वहाँ पर कई प्रकार के अनुष्ठान भी चलते थे। 'पुळ्ळोन पाट्टु' (पुळ्ळुवन गीत) की आलापन-प्रथा निरन्तर चलती थी। उससे सम्बन्धित कई पूजा विधियाँ प्रचार में थीं। हर साल 'सर्पम तुळ्ळल' (नाग की आराधना से सम्बन्धित एक विशेष प्रकार का अनुष्ठान) अनिवार्य था। वह बहुत ही ख़र्चीला था। कई दिनों तक यह कार्यक्रम चलता रहता था। परिवार में कोई बीमार हो जाये तो ज्योतिषी यही कहता कि 'नाग का शाप' है। रोग निवारण हेतु नाग-पूजा की विविध रीतियाँ सम्पन्न होती थीं।

ईऴवा समाज की आराधना की अपनी रीतियाँ थीं और अधिकतर रीतियाँ प्राकृत क़िस्म की थीं। प्रसिद्ध नृतत्वशास्त्र के विशेषज्ञ तेरस्टन ने ईऴवा लोगों की आराधना रीतियों के बारे में लिखा है–

"ईऴवा परिवारों में उनके अपने मन्दिर थे। अधिकतर मन्दिरों में काळी माँ की आराधना होती थी। ऐसी आराधना में जन्तु बलि भी स्वीकृत थी। प्राचीन काल में 'पाँच देवियों' की पूजा विधियाँ चलन में थीं। चेचक बीमारी के लिए अलग-अलग प्रकार की 'कुरीतियाँ' (अर्चनाएँ) होती थीं। मुर्गा, बकरा की बलि चढ़ती थी।" ईऴवा लोगों का सामाजिक जीवन कई प्रकार के अन्धविश्वासों के क़िस्सों से भरा था। उनसे मुक्त होने में वे असमर्थ थे। धार्मिकता का बाना पहनाने के कारण उन कुरीतियों के लिए एक ख़ास प्रकार की आरोपित आस्था रूढ़मूल थी जिनसे कोई मुक्त नहीं था।

स्वामी ने इस सामाजिक अवरुद्धता को देखा और पहचाना।

सन् 1908 में स्वामी ने एस.एन.डी.पी. (श्रीनारायण धर्म परिपालन संघ) के सचिव के नाम पर पत्र लिखा–

"अपने लोगों के धार्मिक आचारों में नवीकरण की आवश्यकता है। इस बार जो बैठक होगी उसमें इन बातों पर चर्चा अवश्य हो। यही नहीं संघ के माध्यम से अन्धविश्वासों के विरुद्ध कार्रवाई भी शुरू की जाये।"

1915-1916–

नेय्याट्टिनकरा तालुक–

वहाँ पर नायर समाज और पुलया समाज के बीच पाठशाला में बच्चियों के दाख़िले को लेकर ज़ोरदार वाद-विवाद शुरू हुआ। नायर समाज के लोग निम्न कही जाने वाली पुलया लड़कियों को पाठशाला में प्रवेश देने के पक्ष में नहीं थे। पुलया समाज के लोगों को मार खानी पड़ी। पुलया समाज के युवाओं ने इसका विरोध किया। इस तरह नायर-पुलया झगड़ा शुरू हुआ था।

उस समय 'विवेकोदयम' पत्रिका में यह वार्ता आयी थी जिसमें नायर समाज के साथ मिलकर ईऴवा समाज के लोग तथा मुसलमान समाज के लोग भी पुलया लोगों के साथ जो अन्याय हुआ उसका विरोध सूचित था।

जब मामला गम्भीर हो गया तो सामाजिक कार्यकर्ता और पुलया महासभा के प्रमुख श्री अय्यनकाऴि आ गये। उस समय स्वामी अरुविप्पुऱम में थे। स्वामी से मिलने अय्यनकाळि आ गये। उन्होंने स्वामी से सारी बातें बतायीं। इस संकट से उबरने के लिए अत्यधिक ऊर्जा के साथ काम करने के लिए कहा गया।

स्वामी का आश्चर्य इस बात को लेकर था कि ईऴवा समाज के सदस्य झगड़े में क्यों शामिल हुए। अपने लोगों को तथा श्रीनारायण धर्म परिपालन सभा के कार्यकर्ताओं को भी स्वामी ने बुलाया। उन्होंने मात्र यह कहा कि समाज में सद्भाव की ज़रूरत है और वही समाज को आगे बढ़ा सकता है।

लोगों को बात समझ में आ गयी। लड़कियों के पाठशाला-प्रवेश को लेकर आगे कोई संघर्ष नहीं हुआ। नायर समाज के सदस्यों का भी हृदय परिवर्तन हुआ।

इसी समय तिरुवनन्तपुरम शहर के एक मन्दिर के प्रशासन को लेकर मन्दिर के कार्यकर्ता ईऴवा समाज के लोगों के बीच झगड़ा शुरू हुआ। दिन के बीतने के साथ झागड़ा भी तगड़ा होता गया। मामला गली-गलौज तक आ गया। दो गुटों में

लोग बँट गये।। मन्दिर के कार्यकलाप बन्द हो गये। आमदनी बन्द हो गयी। अब मुठभेड़ ही बची थी।

स्वामी के हस्तक्षेप पर दोनों गुट सहमत हो गये। मुखिया लोग स्वामी से मिलने आये।

स्वामी ने पूछा–

"क्या मेरा आना ज़रूरी है? आप सभी उसी प्रदेश के हैं। हम बीच में कभी मन्दिर में दर्शन हेतु आते हैं। उससे ज़्यादा नहीं है। मेरा अभिप्राय यही है कि आप दोनों गुट के लोग आपस में बातचीत करके इस मामले को ठीक करिए।"

"यदि स्वामी आ जायेंगे तो झगड़े ख़त्म हो जायेंगे।"

स्वामी के आगमन की सूचना मिलते ही बहुत से लोग वहाँ इकट्ठे हो गये थे। मन्दिर के कार्यकर्ताओं के लोग भी उपस्थित थे।

स्वामी के दोनों तरफ़ दोनों गुट के लोग खड़े थे। उनके पीछे स्वामी से मिलने आये और कई लोगों की भीड़ भी थी।

स्वामी ने देखा कि दूर पर कुछ लोग खड़े थे। साफ़-सुथरे वस्त्र पहने हुए लोग।

"वे लोग इतने दूर क्यों खड़े हैं?"

"वे लोग कौन हैं?"

एक ईऴवा मुखिया ने कहा–

"वे पुलया जाति के लोग हैं। उनका मन्दिर में प्रवेश मना है। इसीलिए वे दूर खड़े हैं। वे आपसे मिलना चाहते हैं।"

स्वामी ने दृढ़ स्वर में कहा–

"अच्छी बात है। उन्हें भी हम मन्दिर में प्रवेश दे सकते हैं; ठीक है न? वे भी इन्सान हैं। साफ़-सुथरे हैं। देखने में भी अच्छे ही लगते हैं। हट्टे-कट्टे हैं। मेहनती लोग लगते हैं। उनका काम भी अच्छा है। बेचारे हैं। मौक़ा यदि उन्हें मिल गया तो वे आगे बढ़ेंगे। उन्हें भी हमारे मन्दिर में प्रवेश देना चाहिए।"

"स्वामी, यह ठीक नहीं है। उन्हें हम मन्दिर में प्रवेश नहीं दे सकते। आप ऐसा मत कहिए।"

"ठीक है, ऐसा है तो दूसरे दल के सदस्यों से भी पूछ लेते हैं।"

दूसरे दल के मुखिया ने भी कहा–

"हम भी सहमत नहीं हैं।"

स्वामी के चेहरे पर शान्त भाव झलक रहा था। सौम्य स्वर में उन्होंने कहा–

"अब हमारे जाने का समय हो गया है।"

"हमारे झगड़े का कोई समाधान नहीं हुआ।"

स्वामी ने कहा–

"तुम दोनों गुट के लोगों के बीच कोई झगड़ा नहीं है। उन लोगों को मन्दिर में प्रवेश न देने की बात को लेकर तुम एकमत थे। फिर समस्या किस बात की?"

अपने शिष्यों के साथ वे अरुविप्पुरम लौट गये। उनके चेहरे पर मुस्कान शेष थी।

16

बाहर ही बाहर ईऴवा समाज के सदस्यों के बीच कई प्रकार के मतभेद और झगड़े चलते रहते थे। लेकिन उनसे निम्न माने जाने वाले पुलया समाज के लोगों के साथ उनका आचरण स्वामी से लिए स्वीकार्य नहीं था। इतने पर भी स्वामी के सद्वचनों का प्रभाव कुछ लोगों के मन में गहराता रहा। वे अपने को बदलते रहे। सामुदायिक सद्भाव के वे प्रवर्तक बन गये थे।

श्रीधर स्वामी के आश्रम जाने का अवसर स्वामी को मिला। आश्रम का सुखद वातावरण उन्हें अच्छा लगा।

वहाँ के पोखर एवं तालाब साफ़ पानी से भरे हुए थे। वातावरण में एकान्त था। दो दिन स्वामी वहाँ रुके। उस ऐकान्तिकता का भरपूर लाभ उठाया।

एक दिन शाम को उस आश्रम में एक सभा बुलायी गयी थी। सभा के विसर्जित होने के पहले स्वामी ने सात पुलया छात्रों को बुलाकर मंच के सामने बिठाया। एक-एक को बुलाकर उन्होंने कहा, साफ़-सुथरा रहना चाहिए। यह कहते समय उनके चेहरे पर करुणा का भाव प्रतीत हो रहा था।

उनमें एक छात्र के बारे में स्वामी ने पूछा–यह मेधावी छात्र लगता है। उसके अध्यापक ने कहा कि स्वामी ने सही कहा। स्वामी ने उस छात्र से कहा, 'एक भाषण देना'।

उस छात्र ने अपना भाषण इस प्रकार प्रस्तुत किया–

"मुझे अतीव प्रसन्नता का अनुभव हो रहा है कि आज मैं ब्राह्मश्री नारायण स्वामी का दर्शन कर सका। वे दीर्घायु हों, यही कामना है।"

सभा विसर्जित हुई। स्वामी उस छात्र को अपने साथ ले गये। अपने आतिथेय के घर पर अपने साथ उसको भी खाना खिलाया। खुले में स्वामी खाना नहीं लेते थे। लेकिन उस दिन उस छात्र के साथ खाना खाया। अपने हाथ से उसे खिलाया भी।

जाते समय स्वामी ने उस छात्र का नाम, कुञ्ञन जो था, बदलकर कुमारन कहकर बुलाया।

पुलय समाज के छात्रों को स्वामी ने अपने आश्रम में शिक्षा दिलवायी। आलुवा में स्थित अद्वैत आश्रम में उन्हें सबके साथ रहने और पढ़ने की सुविधा थी। वहाँ के लोगों को खाना बनाने का काम पुलया जाति के बच्चों को सौंपा गया था। जब ईऴवा समाज के मुखिया लोग स्वामी से मिलने आते, उन्हें खाना परोसते समय, परोसने वाले की जाति के बारे में स्वामी सूचना देते थे। अन्दर-ही-अन्दर उन्हें यह बात पसन्द भले न हो, स्वामी की उपस्थिति में वे कुछ भी प्रकट करने की स्थिति में नहीं थे।

1896–

तिरुवनन्तपुरम, मुट्टत्तऱ़ा में आयोजित एक सभा में पुलया समाज को सम्बोधित करते हुए स्वामी का उद्‌बोधन इस प्रकार था–

"मनुष्य की एक ही जाति है। बाहरी स्थितियों में भिन्नता भले ही हो जाति भेद बिल्कुल नहीं है। उसका होना भी नहीं चाहिए। कुछ लोगों के पास धन का प्राचुर्थ होता है, वे शिक्षित हो सकते हैं साफ़-सुथरे भी। दूसरे लोगों में इन सब की कमी नज़र आ सकती है। रंग के मामले में भी लोग अलग-अलग दीख सकते हैं। इस तरह की भिन्नताओं के अलावा मनुष्यों के बीच जाति की कोई भिन्नता नहीं है। पुलया समाज में आजकल धन की कमी है, शिक्षा की कमी है। इन कमियों को दूर करना अनिवार्य है। उनकी शिक्षा का महत्त्व सर्वाधिक है। शिक्षा प्राप्त करने पर धन और सफ़ाई ज़रूर आयेगी। यह ठीक नहीं है कि आज लोगों के पास धन नहीं है। आप स्वयं धन हैं। रोज़ काम करके धन कमाते रहते हैं। नशे के लिए धन का अपव्यय होता है। उसको आप बदलेंगे तो आप अपने बच्चों को अच्छी शिक्षा दिलवा सकेंगे। दूसरों की सहायता के बिना आप आर्थिक दृष्टि से सबल हो जायेंगे। हर महीने आप लोग एक स्थान पर इकट्ठे बैठ कर ज़रूरी बातों पर विचार कीजिए। नशे से दूर रहिए। बच्चों को भी अलग रखिए। सभी आपकी मदद करेंगे। अब आप लोगों से बीच-बीच में मिलने की मेरी इच्छा है।"

यह उनकी वास्तविक इच्छा थी।

स्वामी का इच्छित आदर्श ही यही रहा कि मनुष्य एक ही जाति के सदस्य हैं। बाहरी भिन्नताओं का, प्राप्त सुविधाओं के अन्तर हो सकते हैं। ईश्वर की सन्तान होने के कारण मनुष्य की जाति ही नहीं धर्म भी एक है।

'सहोदर' शब्द पर स्वामी सदैव ज़ोर देते थे।

पुलया समाज के सदस्यों को सम्बोधित करके आश्रम लौटते समय स्वामी का मन शान्त था।

सरल-सी बात को लोग उलझा देते हैं। स्वामी के हृदय में यह प्रश्न उठा–

"जाति-प्रथा किसकी देन है?"

एक ही समाज के कुछ लोग, जिन्हें समाज सवर्ण कहता है उच्च जाति के हो गये कुछ लोग, जिन्हें अवर्ण कहते हैं, निम्न जाति के हो गये।

यह अन्तर्विरोध कैसे उत्पन्न हो गया?

स्वामी ने अपने आपसे कहा–

'जाति भेद वास्तव में अधिकार की देन है।'

जिसके हाथ में अधिकार है वह चाहता है कि समाज की मनुष्य केन्द्रित एकाग्रता का भंग हो जाये। सभी समान हैं तो कोई किसी पर अधिकार जता नहीं सकता। कुछ लोगों की, धन के कारण, ताक़त बढ़ी। कुछ लोगों की शिक्षा के कारण ताक़त बढ़ी। पुरोहिताई को धर्म की ताक़त मिली। इस तरह समाज बँटता चला गया।

सामान्य काम-काज के लिए कुछ लोग, उनके पास धन-दौलत नहीं, इसलिए उनकी कोई ताक़त नहीं।

जाति की इसलिए आवश्यकता हुई कि समाज का बँटना आवश्यक था। जो अपने को ज्ञानी समझता है वह दूसरों पर अधिकार जता सकता है। जो अपने को शिक्षित समझता है वह दूसरों पर अधिकार जता सकता है, जो धनी है यह समझता है वह दूसरों पर अधिकार जता सकता है, जो वर्चस्वी है वह दूसरों पर अधिकार जता सकता है।

समाज में इस कारण से वंचित लोगों का तबका बन गया। वे सबके अधीन रहने को बाध्य हो गये। हाशिये पर रहने को बाध्य।

आज स्वामी इसलिए प्रसन्न थे, उन वंचितों के हृदय के साथ वे सही संवाद कर सके।

17

समाज का समग्र विकास स्वामी का लक्ष्य था। जब तक बहुसंख्यक लोग जाति के नाम पर निम्न श्रेणी में जीने के लिए बाध्य हैं, उस समाज का समग्र विकास अत्यन्त आवश्यक है। स्वामी के सामने सदैव एक जाति रहित समाज ही उपस्थित था जो कई दृष्टियों से सक्रिय और गतिशील हो।

शिक्षा पर वे सदैव ज़ोर देते रहे कि समाज को सक्रिय एवं गतिशील बनाने के लिए समाज में शिक्षित लोगें की आवश्यकता है। सन् 1912 में विज्ञान वर्द्धिनी सभा में स्वामी का उद्‌बोधन शिक्षा के महत्त्व पर केन्द्रित था।

"हमारे समुदाय में उच्च शिक्षा प्राप्त लोग अधिक नहीं हैं। पर यह शुभ सूचना है कि हमारे लोगों के मन में शिक्षा के प्रति जागरूकता आयी है। यदि हम अपने समाज की वास्तविक उन्नति चाहते हैं तो चाहिए कि अधिकाधिक लोग उच्च शिक्षा प्राप्त करें। उच्च स्तरीय परीक्षाओं में उत्तीर्ण होना सबके लिए आसान नहीं है। इसलिए जो अमीर लोग हैं उन्हें चाहिए कि वे ग़रीबों की पढ़ाई में मदद पहुँचाएँ तथा आर्थिक सहायता प्रदान करके अन्य प्रदेशों से प्रशिक्षण पाने की सुविधा प्रदान करें। समाज के समग्र विकास के लिए यह कार्य कारक तत्त्व साबित हो सकता है। आजकल संस्कृत की पढ़ाई के प्रति दिलचस्पी कम होती जा रही है। अंग्रेज़ी का महत्त्व बढ़ गया है। उस तरफ़ हमारा ध्यान जाना चाहिए। समाज के पुरुषों को ही नहीं बल्कि स्त्रियों के लिए शिक्षा अनिवार्य है। उन्हें घर के पिछवाड़े में धकेलना उचित नहीं है।"

शिक्षा के अलावा स्वामी व्यवसाय पर हमेशा ज़ोर देते रहे।

उनका मानना था–

"हमारे समुदाय की आर्थिक स्थिति अच्छी नहीं कही जा सकती। आर्थिक स्थिति को बेहतर बनाने का एकमात्र मार्ग व्यवसाय की प्रगति है। इसमें भी अमीरों

का ध्यान जाना चाहिए। विभिन्न-प्रकार के संयन्त्रों का आयात आवश्यक है जिनसे यहाँ के लोग प्रशिक्षण पा सकते हैं और व्यवसाय के क्षेत्र में प्रगति प्राप्त कर सकते हैं। यदि एक निवेशक इस कार्य में असमर्थ है तो कई निवेशक मिलकर कारोबार को आगे बढ़ा सकते हैं। उन्नति के मार्ग अनेक हैं। लेकिन हमारे समुदाय के लोग उन मार्गों पर चलने से कतराते हैं। नारियल के रेशे तथा कोपरा के उपयोग से व्यवसाय हो सकते हैं। हमारे बच्चों को व्यवसायशालाओं में भेजकर उन्हें दक्ष बनाना आवश्यक है। यह अमीरों का कर्तव्य है।

प्राथमिक शिक्षा प्रत्येक सदस्य के लिए अनिवार्य होनी चाहिए। समाज की उन्नति के साथ उसकी सांस्कृतिक उन्नति भी स्वामी चाहते थे। उन्होंने साहित्यिक संगठनों की ज़रूरत पर बल दिया था। पुस्तकालयों की अनिवार्यता पर भी वे बल देते रहे। अमीर लोग इन मामलों में चुप हैं जो कि गुणकारी नहीं है।"

सन् 1917।

स्वामी का एक सन्देश प्रचार में आया।

"आगे मन्दिरों की निर्मिति को प्रोत्साहित नहीं किया जाना चाहिए। मन्दिरों के प्रति लोगों की आस्था कम होती जा रही है। समय बदल रहा है। ऐसा भी लोग सोच सकते हैं कि मन्दिरों की निर्मिति के लिए प्रभूत मात्रा में धन का व्यय किया गया है। इतने पर भी एकाएक मन्दिरों की निर्मिति को रोका जाये तो लोग सहमत भी नहीं होंगे। बहुत ज़रूरी प्रतीत हो तो मन्दिर बनाया जा सकता है। हमारा प्रमुख देवालय विद्यालय हो। धन इकट्ठा करके विद्यालयों की स्थापना पर ज़ोर दिया जाना चाहिए। मेरा यह विचार था कि जाति केन्द्रित विचार से दूर रह कर सभी लोग मन्दिर में आयेंगे। लेकिन मन्दिरों में जाति केन्द्रित विचारों का प्रभाव आजकल अधिक है। अब हमें विद्यालयों की ज़रूरत है। वे ज्ञान प्राप्त करें। उसी से वे उन्नति प्राप्त कर पायेंगे।"

समाज को स्वामी समावेशी दृष्टि से देखना पसन्द करते थे। उनकी सामाजिक परिकल्पना पारदर्शी भी थी। सांस्कृतिक क्षेत्र की उन्नति पर भी वे गम्भीरतापूर्वक सोचते रहे। श्रीनारायण स्वामी नवजागरण के उन्नायक थे।

स्वामी समाज में परिवर्तन के आकांक्षी थे। अलग-अलग प्रदेशों में नेतृत्व-क्षमता से युक्त, मेधावी युवाओं को वे इस परिवर्तन के लिए लाना चाहते थे।

कई ऐसे मेधावी युवा स्वामी के अनुयायी थे। सहोदर अय्यप्पन ऐसे ही एक मेधावी युवा थे जिन्हें उच्च शिक्षा हेतु तिरुवनन्तपुरम भेजकर स्वामी ने अपनी दीर्घ दृष्टि का परिचय दिया।

शिक्षा प्राप्त करके अय्यप्पन वापस आ गया। श्रीनारायण गुरु के आदर्शों का साक्षात्कार उनका लक्ष्य था। अय्यप्पन अच्छे वक्ता थे। वक्तृत्व कला में निपुण। वे साहित्यकार भी थे।

जाति केन्द्रित अनाचारों में डूबे समाज का उद्धार उनका एकमात्र लक्ष्य था। अय्यप्पन की एक प्रसिद्ध कार्यप्रणाली थी–मिश्र भोजन की व्यवस्था। सभी लोग, चाहे जिस किसी जाति के हों, एक साथ बैठकर खाना खायें। इस कार्यप्रणाली का ईऴवा समाज के लोगों ने भी विरोध किया था। लेकिन अय्यप्पन की साहसिकता अभूतपूर्व थी।

स्वामी का पूरा सहयोग अय्प्पयन को प्राप्त था। स्वामी ने जो सन्देश अय्यप्पन को भेज दिया था उसकी हज़ारों-हज़ारों प्रतियाँ छपवाकर अय्यप्पन ने बाँट दीं और अपनी कार्यप्रणाली को सुदृढ़ बनाया।

अय्यप्पन स्वामी के सच्चे शिष्य थे। स्वामी से एक क़दम आगे बढ़कर अय्यप्पन ने लिखा था–

जाति नहीं चाहिए धर्म नहीं चाहिए
ईश्वर नहीं चाहिए मनुष्य को।

जिस मन्दिर में (मुरुक्कुमपुऴा) स्वामी ने सत्य, धर्म, दया तथा स्नेह लिखा था, उसी तथ्य को कविता में अय्यप्पन ने इस तरह अभिव्यक्ति दी–

दूसरे से स्नेह करना दूसरे की सहायता करना
अपने और दूसरे के बीच नहीं कोई भेदभाव
मात्र दूसरे के लिए सब कुछ तजकर
संसार की भलाई का व्रत रखना
इस तरह देव भक्ति का उन्नयन होगा
परम धर्मासक्ति ही एकमात्र मुक्तिमार्ग।

श्री सी. कृष्णन स्वामी के एक और अनुयायी थे जिन्हेंने केरल के उत्तरी भागों एवं दक्षिणी भागों के ईऴवा समाज के सदस्यों को एक साथ मिलाने का कार्य किया था। वे पेशे से वकील थे। केरल के निम्न कहे जानेवाले लोगों की कठिनाइयों पर

वे निरन्तर अंग्रेज़ी में लिखते रहे। अंग्रेज़ी सरकार की नज़र सी. कृष्णन के लेखों पर पड़ गयी थी।

धार्मिक अनुष्ठानों में सी. कृष्णन की कोई दिलचस्पी नहीं थी। लेकिन स्वामी के कार्यकलापों में वे शामिल होते थे।

स्वामी ने एक बार कृष्णन से पूछा–

"वकील साहब, क्या आपकी मन्दिरों में आस्था है?"

स्वामी यह जानते थे कि कृष्णन की कोई आस्था नहीं है। वकील भी इस बात से परिचित थे। इसके बावजूद दोनों के बीच आत्मीय सम्बन्ध सुदृढ़ रहा।

आलुवा के अद्वैत आश्रम का पूरा कार्यभार स्वामी ने सी. कृष्णन को सौंप दिया था। एक पत्र के माध्यम से यह अधिकार उन्हें दिया गया था।

सन् 1913 में सी. कृष्णन के सम्पादन में 'मितवादी' का प्रकाशन शुरू हुआ। 1921 में वह मासिक पत्रिका में बदल गया। 'मितवादी' पत्रिका के लक्ष्य स्वामी के प्रारम्भिक उद्‌बोधन ही थे–

स्वतन्त्र होने के लिए शिक्षा प्राप्त करें।

ताकतवर होने के लिए संगठित हो जायें।

सी. कृष्णन ब्रिटिश सत्ता के विरुद्ध नहीं थे। उसका कारण यह था कि निम्न जाति के सदस्यों को यदि सहायता मिली है वह ब्रिटिश सरकार की ओर से है। वे गांधी जी के असहयोग आन्दोलन के पक्षधर नहीं बने।

उनका यह भी दृष्टिकोण था कि अस्वतन्त्रता से मुक्त होने के लिए ईळवा समुदाय को बौद्ध धर्म में दीक्षित होना चाहिए। उन्होंने बौद्ध धर्म में दीक्षा भी ली।

1926 में 'मितवादी' के वार्षिक अंक में सी.वी. कुञ्ञिरामन ने एक लेख लिखा था–"तीया लोगों को बौद्ध धर्म ही बेहतर है।" जिसे अपनी पत्रिका में सी. कृष्णन ने प्रमुख लेख के रूप में प्रकाशित किया था। वे एक व्यक्ति नहीं बल्कि स्वयं एक संस्था के रूप में समाज में सुस्थिर खड़े रहे।

18

सन् 1916–

श्रीनारायण गुरु साठ वर्ष के हो गये।

स्वामी की षष्टिपूर्ति आलुवा अद्वैत आश्रम के सदस्य और केरल के लोग धूम-धाम से मनाना चाहते थे।

स्वामी ने सबसे पहले आश्रम के सदस्यों को बुलाया और कहा–

"मेरे साठवें जन्मदिन को समारोह के रूप में मनाने की आवश्यकता नहीं।"

आश्रमवासियों ने अनुरोध किया–

"कोई न कोई कार्यक्रम होना चाहिए। सामान्य-सा; सरल ढंग से..."

स्वामी ने अनुमति प्रदान की।

दूसरे प्रदेशों में स्वामी के अनुयायियों ने तथा भक्तों ने षष्टिपूर्ति-समारोह को धूम-धाम से, उत्साहवर्धक ढंग से मनाया। केरल में ही नहीं बाहर के प्रदेशों में भी कर्णाटक, मथुरा, तिरुनलवेली, मद्रास, कोलकाता, सिंगापुर, कोलम्बो आदि स्थानों में बहुत से कार्यक्रम हुए।

स्वामी के साठवें जन्मदिन के उपलक्ष्य में आलुवा आश्रम में सर्वधर्म सम्मेलन का आयोजन हुआ। उसमें भारत भर की प्रमुख संस्थाओं से सदस्य शामिल हुए।

सभी अतिथियों के विचारों से अधिक भव्य विचार श्रीनारायण गुरु का ही रहा। वे एक धर्म के प्रवक्ता थे।

धर्म की वास्तविक आस्था के प्रति उनका आकर्षण था। लेकिन वे अलग-अलग धर्मों के पक्ष में नहीं थे।

स्वामी एक ही धर्म को मानते थे। वह मानवीय धर्म है। उसकी सम्भावनाओं से वे परिचित थे।

एक धर्म के प्रवक्ता स्वामी जी का विचार इस समारोह का प्रमेय बन गया।

उस दौर में धर्म परिवर्तन के कार्य चल रहे थे। ईऴवा समुदाय के सदस्य ईसाई धर्म या बौद्ध धर्म में दीक्षित होते जा रहे थे।

धर्म परिवर्तन का स्वामी ने विरोध नहीं किया।

उनका मानना था–

"धर्म परिवर्तन में कोई ख़तरा नहीं है।"

"परिवर्तन आस्थामूलक है, न कि प्रयोजनमूलक।"

"सुविधाओं को मद्देनज़र रखते हुए धर्म परिवर्तन करना या पक्षधर नहीं होना चाहिए।"

"प्रत्येक व्यक्ति की यह अपनी स्वतन्त्रता है कि उसे कौन-सा धर्म स्वीकार करना है।"

"अहिन्दू सदस्यों को भी हिन्दू धर्म स्वीकार करने की स्वतन्त्रता होनी चाहिए।"

जाति के नाम पर जब एक समुदाय को कठिन परिस्थितियों का सामना करना पड़ता है तो उस समुदाय के मानस में अपने धर्म के प्रति वितृष्णा उत्पन्न होने लगती है। सी. कृष्णन ने इसके बारे में विस्तार से लिखा है। जज अय्याकुट्टि और सहोदर अय्यप्पन इस मत के पक्षधर थे। लेकिन टी.के. माधवन इस मत के विरोधी थे। उनका विचार यह था कि हिन्दू धर्म जैसे एक श्रेष्ठतम धर्म को छोड़ना कतई ठीक नहीं है। इस विषय पर अय्यप्पन ने स्वामी से बातचीत की थी।

"क्या डॉक्टर (डॉ. पल्पु) धर्म परिवर्तन करना चाहते हैं?"

"मनुष्य का ठीक होना क्या पर्याप्त नहीं?"

"ईसाई धर्म और इस्लाम में कई अच्छी बातें हैं। लेकिन क्या उन धर्मों के सभी अनुयायी अच्छे हैं? धर्म मुख्य नहीं, मनुष्य का ठीक होना मुख्य है। कर्म अच्छा होना चाहिए, शब्द और विचार अच्छे होने चाहिए। उसमें ग़लतियाँ नहीं होनी चाहिए। मन का शुद्ध होना ही प्रीतिप्रद है।"

"शंकराचार्य ने भी ग़लत कहा है। व्यास ने चातुर्वर्ण्य के बारे में दो तरह के मत प्रकट किये हैं। पूरी तरह से जाति को छोड़ देना चाहिए। यदि मनुष्य एक ही समुदाय के सदस्य हैं तो जाति का सम्पूर्ण त्याग अनिवार्य है।"

19

श्रीनारायण गुरु के प्रमुख शिष्यों में सत्यव्रत स्वामी का नाम विशेष उल्लेखनीय है। जिस समाज में उनका जन्म हुआ था वह ईऴवा समुदाय के प्रति असहिष्णुता रखने वाला था। सत्यव्रत स्वामी का पूर्वाश्रम में नाम अय्यप्पन पिळ्ळै था। ईऴवा लोगों को पास आने से उन्होंने उनकी मारपीट भी की थी। अपने किये पर सत्यव्रत स्वामी बाद में पश्चात्ताप ग्रस्त हो गये थे।

उन्होंने श्रीनारायण के बारे में सुना था। उनसे मिलने की इच्छा से वे अद्वैत आश्रम में पहुँच गये। फिर वहीं से उन्होंने संस्कृत का अध्ययन किया।

अद्वैत आश्रम का उनका जीवन एक तरह से पुनर्जन्म जैसा था। स्वामी के कहने पर सत्यव्रत ने सिलौन की यात्रा की। वहाँ स्वामी के आदर्श का प्रचार और संस्थाओं की स्थापना सत्यव्रत जी ने की। जब स्वामी सिलौन की यात्रा पर वहाँ पहुँच गये तो पूरी व्यवस्था उनकी थी।

उसी यात्रा में स्वामी ने उन्हें सत्यव्रत नाम दिया था।

1923 में सत्यव्रत अद्वैत आश्रम के सचिव नियुक्त हुए।

स्वामी की षष्टिपूर्ति समारोह के दौरान सर्वधर्म सम्मेलन का भारी उत्तरदायित्व सत्यव्रत ने अपने कन्धे पर ले लिया था।

1926 में सत्यव्रत स्वामी का, रोगग्रस्त होने से, देहान्त हो गया। अपने पट शिष्य की अकाल मृत्यु से स्वामी अतीव दुखी हुए। उन्होंने कहा–"सत्यव्रत वास्तव में सत्यव्रत बनकर रहे और मृत्यु का वरण किया।"

स्वामी ने अपने अनुयायियों से कहा–

"सत्यव्रत का आदर्श जीवन था। उनके जीवन दर्शन का आधिकाधिक प्रचार किया जाना चाहिए। यह समाज के लिए गुणकारी होगा। जो आदर्श जीवन है वह अनुकरणीय है।"

सर्वधर्म सम्मेलन के अगुआ सत्यव्रत स्वामी थे। यह सन् 1916 में सम्पन्न हुआ।

सत्यव्रत स्वामी के साथ के अय्यप्पन भी थे। उनको साथ देने के लिए सी.वी. कुञ्जिरामन, टी.के. माधवन जैसे प्रखर व्यक्तित्व के धनी और स्वामी के आदर्शों के पालन में उत्सुक सभी आलुवा पहुँच गये।

उस समय श्रीनारायण गुरु वर्कला में थे।

वे वर्कला और आसपास के प्रदेशों का भ्रमण कर रहे थे। भ्रमण का उद्देश्य एक आदर्श पाठशाला का निर्माण था जिसके लिए धन इकट्ठा करने के लिए वे यात्रा कर रहे थे।

स्वामी के मन में यह भरोसा था कि "जब तक के.अय्यप्पन और सत्यव्रत आलुवा में हैं तब तक सब कुछ ठीक चलता रहेगा।"

सम्मेलन के प्रवेश-द्वार पर यह लिख दिया गया था–

"वाद-विवाद का माध्यम जीतने के लिए नहीं, जानने और सूचित करने के लिए है।"

भाषण तैयार करने का काम सत्यव्रत को दिया गया था। सम्मेलन की तैयारियों से स्वामी सन्तुष्ट थे।

इस सम्मेलन की अध्यक्षता सर टी. सदाशिव अय्यर ने की।

आर्य समाज के प्रतिनिधि के रूप में ऋषिराम, सिलौन से एक बौद्ध भिक्षु, ब्रह्मसमाज के प्रतिनिधि स्वामी शिवप्रसाद, इस्लाम धर्म के प्रतिनिधि मुहम्मद मौलवी, ईसाई धर्म के प्रतिनिधि के.के. कुरुविळा आदि मंच पर आसीन थे।

दो दिन के सम्मेलन के उपरान्त श्रीनारायण गुरु की ओर से यह सन्देश प्रस्तावित किया गया जिसका वाचन स्वामी सत्यव्रत ने किया था–

"इस सर्वधर्म सम्मेलन का मुख्य आशय यही है कि सभी धर्मों का परम लक्ष्य एक ही है, इसलिए आपस में दूरी रखने की आवश्यकता नहीं है। अत: शिवगिरि में प्रस्तावित पाठशाला में सभी धर्मों के आदर्शों के पठन-पाठन की व्यवस्था की जायेगी।"

20

स्वामी का भ्रमण निरन्तर होता रहा। उनके कई कार्यकलाप थे। जनता के बीच में रहना, उनकी समस्याओं को सुलझाना, आध्यात्मिक विषयों पर संवाद में लगना, सामाजिक परिवर्तन के लिए परिश्रम करना।

श्रीनारायण गुरु वास्तव में एक प्रखर संस्कृतिकर्मी थे।

रूढ़ियों से मुक्त समाज की परिकल्पना उनकी प्राथमिकताओं में थी।

जीतने के लिए स्वामी ने कुछ नहीं किया था।

जानने एवं जताने के प्रयास वे करते रहे।

अपने जीवन काल में ही स्वामी के सम्बन्ध में कई कथाएँ प्रचलित थीं। कथाओं और किंवदन्तियों से अलग एक ऐसी बात थी जिसके बारे में कई लोगों ने संकेत दिये थे–

स्वामी के मुख-मण्डल पर हमेशा एक आध्यात्मिक आभा रहती थी। उससे सभी उनके व्यक्तित्व से आकृष्ट होते थे।

जो-जो उनके शिष्य या अनुयायी हुए वे इस आभा से आकृष्ट हो चुके थे।

के. अय्यप्पन ने इसका ज़िक्र किया है।

स्वामी सत्यव्रत ने भी संकेत किया है।

टी.के. माधवन ने भी।

केरल में सामाजिक परिवर्तन लाने के सम्बन्ध में जब डॉ. पल्पु ने स्वामी विवेकानन्द से बात की तो उन्होंने बताया था ऐसे एक व्यक्ति को आप नेतृत्व स्थान में प्रतिष्ठित कीजिए जिनमें गुरु होने की, आध्यात्मिकता की क्षमता हो।

डॉ. पल्पु के हृदय में एक ही रूप उभर कर आया था–

श्रीनारायण गुरु का।

आध्यात्मिक आभा से प्रशोभित स्वामी के शब्दों में, आचरण में, व्यक्तित्व में, संवाद में, मौन में, तपलीन मुद्रा में सर्वाश्लेषी क्षमता थी जिसने सबको उनके प्रति आकृष्ट किया था। बाहर से केरल आने वाले सभी प्रमुख व्यक्ति स्वामी के दर्शन हेतु उनके आश्रम में आते थे। वे चाहे सामाजिक कार्यकर्ता हो, संस्कृतिकर्मी हो, साहित्यकार हो या संन्यासी।

उनमें रवीन्द्रनाथ ठाकुर और महात्मा गांधी प्रमुख हैं।

21

सन् 1922–

स्वामी के दर्शनाभिलाषी रवीन्द्रनाथ ठाकुर शिवगिरि पधारे। विश्वकवि के आगमन की सूचना केरल भर में प्रचारित हो चुकी थी। दो महात्माओं के मिलन के अभूतपूर्व दृश्य को देखने के लिए कई लोग शिवगिरि पहुँच चुके थे।

श्री धर्मानन्दजी ने इस घटना का आँखों देखा हाल प्रस्तुत किया है–

"अलग-अलग प्रदेशों से लोग एक महान कवि और महान ऋषि के संवाद के साक्षी बनने हेतु शिवगिरि पहुँच चुके थे। शिवगिरि आश्रम, आसपास का इलाक़ा लोगों की भीड़ से भरा दिख रहा था। महान कवि की अगवानी के लिए सभी प्रकार की सुविधाएँ तैयार की गयी थीं। सब कहीं उत्सव का वातावरण था। मैं भी एकाग्र मन से वहाँ उपस्थित था। लोगों की भीड़ बढ़ने लगी। कार्यक्रय के अनुसार अतिथियों के आने का समय हो गया। इन सबका प्रभाव स्वामी पर नहीं पड़ा। वे अपने ढंग से पास बैठे कुमारन आशान से बात कर रहे थे। अचानक स्वामी उठ खड़े हुए और सीधे वैदिक मठ की ओर गये। वहाँ के एक कक्ष में प्रवेश करके दरवाज़ा बन्द किया गया। खिड़कियाँ तथा दरवाज़े बन्द थे। अक्सर जब स्वामी किसी कक्ष में दरवाज़ा आदि बन्द करके बैठते हैं कोई उन्हें बुलाने का प्रयास नहीं करता। सन्देशा आया था कि एक घण्टे के बाद ही अतिथि लोगों के आने की सम्भावना थी। यह ख़बर स्वामी को दे न सका। उनके आने के बाद भी यदि स्वामी कक्ष में ध्यानस्थ बैठे हैं तो उन्हें प्रतीक्षा में बैठना होगा। एक घण्टे के बाद दोनों अतिथि आ गये। रवीन्द्रनाथ ठाकुर पालकी में तथा एंड्रूस पैदल चले आये। रवीन्द्रनाथ ठाकुर स्वामी के कक्ष की ओर गये और स्वामी दरवाज़ा खोलकर बाहर आये। दोनों आमने-सामने बैठ रहे। स्वामी के चेहरे पर अपार तेजस्विता थी। मिलते ही महाकवि ने स्वामी को प्रणाम किया। कुमारन आशान ने तीनों को बैठने के लिए सुविधा जुटाई।

रवीन्द्रनाथ ठाकुर ने कहा–

"आपके दर्शन ने मेरे हृदय को प्रभावित किया है।"

कुछ गम्भीर विषयों पर दोनों के बीच संवाद हुआ। संवाद की समाप्ति पर तीनों उठ खड़े हुए। बिदा लेते हुए महाकवि ने स्वामी को प्रणामित किया। जाते-जाते उन्होंने स्वामी के दोनों हाथों को अपने हाथों में लेकर चुम्बन किया।

इस मुलाक़ात के बाद रवीन्द्रनाथ ठाकुर ने स्वामी के बारे में यही कहा–

"भारत भर में जीवित रहने वाले सन्त-महात्माओं में श्रीनारायण गुरु जैसे पावन चरित वाले सन्त को मैंने देखा। उनकी अगाध आँखें अनन्त की ओर लक्ष्योन्मुख हैं। उनका मुख-मण्डल ईश्वरीय चेतना से भरा हुआ लगता है। उनकी अन्यान्य विशिष्टताएँ भी अविस्मरणीय हैं।"

22

सन् 1925–

स्वामी के दर्शन के लिए गांधी जी का शिवगिरि में आगमन 1925 में हुआ था। दोनों की मुलाक़ात के लिए ए.के. गोविन्ददास के 'गांधी आश्रम' नामक घर पर तैयारियाँ की गयी थीं।

ठीक समय पर गांधी जी का आगमन हुआ।

उनका स्वागत करने के लिए स्वामी आ गये।

सभी लोग फ़र्श पर बिछी चादर पर बैठ गये।

गांधी जी ने पूछा–

"आपको अंग्रेज़ी आती है?"

स्वामी ने कहा–

"नहीं।"

स्वामी ने गांधी जी से पूछा–

"आपको संस्कृत आती है?"

गांधी जी ने कहा–

"नहीं!"

संवाद शुरू हुआ।

"हिन्दुओं के प्रामाणिक ग्रन्थों में अस्पृश्यता के सम्बन्ध में कोई परामर्श है, क्या इसके बारे में स्वामी जी के पास कोई जानकारी है?"

स्वामी ने कहा–

"नहीं!"

"अस्पृश्यता को दूर करने के उद्देश्य से वैक्कम में जो सत्याग्रह चल रहा है, उसको लेकर स्वामी जी का कोई मतभेद है?

"नहीं!"

"उक्त आन्दोलन में कुछ जोड़ने या कुछ परिवर्तन करने की आवश्यकता है?"

"जहाँ तक मैं जानता हूँ वह आन्दोलन ठीक-ठाक चल रहा है। उसमें किसी प्रकार के परिवर्तन की आवश्यकता नहीं है।"

"निम्नतम तबके के लोगों को आगे बढ़ने के लिए अस्पृश्यता की समस्या के निवारण के अलावा और क्या-क्या किया जाना आवश्यक है? स्वामी जी का अभिमत जानने की इच्छा है।"

"उन्हें शिक्षा की सुविधा मिलनी चाहिए। उनके पास पैसे भी हों। मिश्र भोजन एवं मिश्र विवाह में जल्दबाज़ी की जरूरत नहीं। बेहतरी की जो सुविधा दूसरे लोगों को उपलब्ध है, वह सुविधा इन लोगों को भी मिलनी चाहिए।"

"अहिंसात्मक सत्याग्रह से कुछ लोग सहमत नहीं हैं। उनका मत है कि हक़ जताने के लिए बल का प्रयोग किया जाना चाहिए। स्वामी जी की राय जानने की इच्छा है।"

"बल के प्रयोग पर मेरा विश्वास नहीं है।"

"हिन्दू धर्म ग्रन्थों में बल प्रयोग का क्या कोई प्रावधान है?"

"राजा लोगों ने उसे अनिवार्य माना और पुराणों में इसका उल्लेख है। लेकिन जहाँ तक आप लोगों की बात है बल प्रयोग नहीं करना चाहिए।"

"कुछ लोगों का मत है कि धर्म परिवर्तन आवश्यक है, उसके ज़रिये स्वतन्त्रता प्राप्त की जा सकती है। इसके लिए क्या स्वामी जी की अनुमति है?"

"जो अपना धर्म परिवर्तित करता है, देखा यह गया है कि उन्हें स्वतन्त्रता मिल रही है। यह देखकर यदि लोग यह कहें कि धर्म परिवर्तन ही ठीक है तो ऐसे लोगों पर दोषारोप नहीं लगाया जा सकता।"

"आध्यात्मिक मोक्ष प्राप्ति के लिए क्या हिन्दू धर्म पर्याप्त है?"

"मोक्ष प्राप्ति के लिए वह पर्याप्त है। लेकिन लोग ज़्यादा लौकिक स्वतन्त्रता के इच्छुक हैं।"

"लौकिक स्वतन्त्रता के लिए ही हम प्रयासरत हैं। क्या वह सफलता प्राप्त नहीं कर पायेगी?"

"ऐसा नहीं हो सकता है। यदि उसकी जड़ों तक जायें तो फिर पूर्ण रूप से फलप्राप्ति के लिए महात्मा जी को एक और जन्म लेना पड़ेगा।"

"मेरा भरोसा यही है कि मेरे जीवन काल में ही वह सफल हो। जो निम्न तबके के लोग हैं उनके बीच में भी, आपस में छुआछूत की समस्या है। क्या स्वामी जी के मन्दिरों में सभी प्रवेश पा सकते हैं?"

"सभी प्रवेश पा सकते हैं। पुलया समाज के, परया समाज के छात्र शिवगिरि में रहकर शिक्षा प्राप्त कर रहे हैं। दूसरों के साथ वे आराधना भी कर सकते हैं।"

"जाति की भिन्नता क्या प्रकृति के अनुकूल नहीं है? जैसे एक ही पेड़ के सभी पत्ते एक जैसे नहीं हैं। छोटे-बड़े जो उनमें हैं वह प्रकृति के अनुकूल ही है।"

"यह सतही दृष्टि के कारण है। आप इन पत्तों का रस निकालिए तो उस रस का एक ही गुण होगा।"

संवाद के उपरान्त गांधी जी शिवगिरि गये। वहाँ के कार्यक्रमों में भाग लेते समय गांधी जी स्वामी के बारे में सोच रहे थे।

उनके हृदय में बड़ा-सा एक वृक्ष आकार ग्रहण कर रहा था। वह इतना बड़ा हो गया कि उनके शरीर को, आसपास के सभी लोगों के ऊपर वह छा जाने लगा। एक अभूतपूर्व वृक्ष। उसकी बड़ी-बड़ी छतनार शाखाएँ। असंख्य पत्ते–छोटे-बड़े। एक ही रंग के, एक ही गन्ध के, एक ही आकार के। उन पत्तों से होकर बहती आयी हवा की गन्ध भी सुरम्य थी। उस गन्ध का आस्वादन करते हुए गांधी जी खड़े रहे।

गांधी जी के हृदय में से कुछ शब्द निकल पड़े–

"आप ही गुरु हैं।"

"आप ही अँधेरे को दूर करने वाले हैं।"

"मेरे अन्तर्मन के अँधेरे को गुरु आपने दूर किया।"

23

आलुवा!

अद्वैताश्रम में आराम करने के लिए स्वामी आये थे। लोगों की भीड़ के कारण उन्हें आराम नहीं मिला।

शाम को पेरियार के किनारे बैठते समय स्वामी के शिष्य ने कहा–

"आपको किसी अन्य जगह जाकर आराम करना चाहिए। यहाँ आराम नहीं मिल सकता।"

"ठीक कह रहे हो।"

"आप आदेश दें तो मैं जगह ढूँढ़ लूँगा।"

"वहाँ भी लोग ढूँढ़-ढूँढ़कर आये तो फिर क्या करोगे?"

शिष्य चुप रहा। स्वामी ने कहा–

"यह सही है कि बीच-बीच में मुझे एकान्त की आवश्यकता है। उससे मन को तथा शरीर को सुकून मिलता है। लेकिन मैं पलायन नहीं करना चाहता। पलायन न मार्ग है और न लक्ष्य। यहाँ आने वाले लोगों की समस्याएँ गम्भीर हैं। हमें उनकी समस्याओं का निवारण कर देना चाहिए। कुछ लोग मामूली समस्या लेकर आते हैं। उनसे एक-दो अच्छे शब्द कहना पर्याप्त है। वे ख़ुश हो जायेंगे। इन दोनों प्रकार के लोगों से बचकर जाने का मेरा इरादा नहीं।"

गुरु ने मौन धारण किया।

पेरियार का पानी प्रवाहित होता रहा।

तलश्शेरी

तलश्शेरी में स्वामी के दर्शन के लिए लोगों की भीड़ लगी हुई थी। कुछ लोग स्वामी के शब्दों को सुनने के इच्छुक थे, कुछ इलाज कराना चाहते थे। उनके लिए दवाइयाँ सुझायी गयीं।

कुछ दर्शन मात्र के इच्छुक थे।

कुछ निकट से प्रणाम करना चाहते थे।

किसी को निराश होकर लौटना नहीं पड़ा। स्वामी की तेजस्विता से सभी प्रभावित हुए। आस्था की एक किरण सबको प्राप्त हो गयी थी।

तलश्शेरी के जगन्नाथ मन्दिर की पुरानी समस्या फिर से उठ खड़ी हुई है। मन्दिर में निम्न तबके के लोगों को प्रवेश देने को लेकर समस्या शुरू हुई। लम्बे समय से यह समस्या अनसुलझी रह गयी थी। बहुसंख्यक निम्न लोगों के प्रवेश के पक्ष में नहीं थे। अल्पसंख्यक उसके पक्ष में ही थे। लेकिन हालत को देखते हुए स्वामी को बीच का एक रास्ता अपनाना पड़ा।

बहुसंख्यक लोग रोषाकुल थे। स्वामी ने अपने सौम्य एवं दीप्त शब्दों में कहा–

"हर हफ़्ते तीन दिन निम्न कहे जाने वाले लोग भी प्रवेश कर सकते हैं।" भीड़ ने स्वामी के आदेश को स्वीकृति दी।

स्वामी ने मन-ही-मन कहा–

परिवर्तन का बीज मैं बो चुका हूँ। अब धीरे-धीरे लोगों के मनोभाव में परिवर्तन आरम्भ होगा। यह पर्याप्त है।

स्वामी का उनहत्तरवाँ जन्मदिन।

स्वामी के अपने शिष्यों के अलावा कई लोग मिलने आये। प्रार्थना-गीतों का भव्य आलापन हुआ।

स्वामी ने अपने शिष्यों से कहा–

"नेय्याट्टिनकरा जाना है।"

यात्रा करने के कारण स्वामी का स्वास्थ्य ख़राब होने लगा। डॉक्टर ने कहा था कि लम्बी यात्राएँ न करें। आराम की ज़रूरत है।

शिवगिरि आकर कुछ दिन वहीं रहने की बात तय हो गयी।

1925–

अपने शिष्यों को स्वामी ने बुलाया और कहा–

"जीवन की एक अवस्था यह भी है कि मन हमारा साथ देता है, परन्तु शरीर साथ देने से इनकार करता है। आख़िर यह शरीर एक संयन्त्र ही है। आयु के बढ़ने के साथ यह संयन्त्र धीरे-धीरे ख़राब होने लगता है। इसलिए मैं चाहता हूँ मेरे उत्तराधिकारी का अभिषिक्त होना अनिवार्य है।"

बोधानन्द स्वामी को श्रीनारायण गुरु के उत्तराधिकारी के रूप में अभिषिक्त होने का निर्णय लिया गया।

विजयदशमी के दिन स्वामी के उत्तराधिकारी के रूप में बोधानन्द स्वामी अभिषिक्त हुए।

तमिलनाटु के कई प्रदेशों में स्वामी का भ्रमण होता रहा। दुबारा स्वामी सिलौन यात्रा पर गये।

स्वामी की यात्राएँ आध्यात्मिक यात्राएँ थीं। उनके भास्वर व्यक्तित्व से तथा उनके विचारों से लोगों का आकर्षण बढ़ता रहा।

महान सन्त के रूप में श्रीनारायण गुरु को केरल और केरल के बाहर के लोग आदर के साथ देखते थे।

त्रावणकोर रियासत के दीवान मिस्टर वाट्स भी स्वामी से मिलने आये। स्वामी ने मिस्टर वाट्स से शिवगिरि मठ के भविष्य की परिकल्पनाओं के बारे में बताया।

स्वामी की सबसे बड़ी इच्छा थी कि ब्रह्मविद्यालय की स्थापना हो। अपने अद्वैत सिद्धान्त को लोगों के हृदय में प्रचारित करना उनका लक्ष्य था। स्वामी के व्यक्तित्व से ही नहीं बल्कि उनके विचारों से प्रभावित सी.वी.कुञ्ञिरामन अपने यौवन काल से ईऴवा समाज के जागरण के लिए कार्यरत रहे। कुञ्ञिरामन के वैचारिक साहित्य का महत्त्व आज भी विचारणीय विषय है।

स्वामी ने अनुभव किया कि कुञ्ञिरामन के विचारों का प्रचार होना चाहिए जिससे समाज की पतित अवस्था में परिवर्तन सम्भव है।

कुञ्ञिरामन के साथ बातें करना स्वामी सदैव चाहते थे। कुञ्ञिरामन ने देखा था कि स्वामी के आदर्श उनके अनुयायियों के हाथों विकृत होते जा रहे थे। उन्होंने तय किया कि स्वामी से इसको लेकर बातचीत ज़रूरी है।

"स्वामी जी, आपके सबसे प्रसिद्ध धर्मोपदेश–'एक जाति एक धर्म मनुष्य को' आजकल लोग नारे के रूप में उपयोग कर रहे हैं। कई लोग इससे सन्देहग्रस्त हैं। कुछ इसका विरोध भी करते हैं।"

"कुञ्जिरामन की व्याख्या क्या है?"

"मनुष्य मात्र के लिए एक जाति...इसकी व्याख्या सुगम है..."

"एक ही ईश्वर मनुष्य को–इसको लेकर भी मतभेद नहीं है। परन्तु एक ही धर्म मनुष्य को–इस पर मतभेद है। आपने बताया है कि भिन्न-भिन्न धर्मों का सार एक ही है। फिर भी इसको लेकर एकाभिप्राय नहीं बन रहा है।"

"इसका कारण यही है कि धर्म के नानार्थी होने के कारण ही लोगों के मन में यह भ्रम पैदा होता है। त्याज्य ग्राह्य विवेक के आधार पर सभी धर्मों की स्थापनाओं का अध्ययन अनिवार्य है। समभाव से अध्ययन आवश्यक है। तब यह प्रतीत हो सकता है कि प्रमुख तत्त्वों में कोई सारभूत अन्तर नहीं है। इसे ही एकधर्म कहा जाता है।"

"इसके बावजूद आजकल धर्म परिवर्तन का विचार ज़ोरों पर चर्चित है। कुछ लोगों के लिए बौद्ध धर्म ठीक है, कुछ के लिए ईसाई धर्म, कुछ के लिए आर्य समाज ठीक है, कुछ धर्म परिवर्तन का विरोध भी करते हैं।"

"धर्म का एक आभ्यन्तर पक्ष है और एक बाह्य पक्ष भी है। इनमें किस में परिवर्तन चाहते हैं? बाह्य पक्ष में परिवर्तन की इच्छा धर्म परिवर्तन के अन्तर्गत आती नहीं है। वह सामाजिक परिवर्तन है। आभ्यन्तर पक्ष में परिवर्तन वस्तुत: हर चिन्तनशील व्यक्ति में होता रहता है। वह सहजत: होने वाला परिवर्तन है। उसको प्रायोजित नहीं किया जा सकता। अगर किसी के मन में अपने धर्म के प्रति आस्था नहीं है तो उसको धर्म परिवर्तन करना चाहिए। जहाँ आस्था नहीं है उसी से चिपके रहना कपटता का उदाहरण है। आस्था का धर्म एक ही है और वह एक धर्म का है। धर्मों के बीच वास्तव में कोई विरोध नहीं। मद से विरोध उत्पन्न होता है। ऐसी अवस्था में धर्म परिवर्तन का विचार तिरोभावित हो सकता है।"

स्वामी की धर्म परिकल्पना पारदर्शी रही।

वह जाति, नस्ल और संकुचित अर्थ में प्रयुक्त धर्म से परे स्वीकृत विराट मानवीय दृष्टि रही।

मनुष्य ही उसमें प्रमुख है। तमाम प्रकार की संकीर्णताओं से ऊपर उठकर जीवन को देखने की उनकी दृष्टि वैश्विकता को भी सहेजने वाली रही। ऐसी एक वैश्विक दृष्टि के प्रचारार्थ, स्वामी की इच्छा थी, वे संन्यासियों के एक संघ की स्थापना भी चाहते थे।

स्वामी ने अपने अधीन जो भी मठ, मन्दिर, विद्यालय, आश्रम आदि थे, को अपने उत्तराधिकारी बोधानन्द स्वामी के नाम कर दिया।

परिणामस्वरूप श्रीनारायण धर्म संघ नाम से संन्यासी संघ का पंजीकरण किया गया। यह सन् 1928 में हुआ।

उसके लिए एक नियमावली भी स्वामी ने स्वयं बनायी। वह इस प्रकार है–

"इस आश्रम के लिए एक गुरु की आवश्यकाता है जो विद्वान हो, मुनि हो, उदार चित्त हो, शान्त गम्भीर हो, जितेन्द्रिय हो, परोपकारी हो, दीनदयालु हो, सत्यवादी हो, समर्थ हो, सदाचार तत्पर हो, कर्तव्यपालन में उत्सुक हो।"

"वह गुरु इस आश्रम का नेतृत्व सँभालने के बाद एक सभा का गठन करें। इस सभा में जो भी शामिल हों वे सहोदर भाव से रहें।"

"जिस तरह इस आश्रम में कार्य कार्यान्वित होते हैं उसी तरह सभी प्रदेशों में स्त्रियों और पुरुषों के लिए विद्यालय और आश्रमों की भी आवश्यकता है।"

इसके लिए एक समर्थ नेता की भी आवश्यकता है। इन सबके लिए एक नाम हो और वह है अद्वैताश्रम।

24

1928, कोट्टयम।

कुमरकम् से स्वामी कोट्टयम पहुँच गये। वहाँ से वे वैक्कम जाना चाहते थे।

वल्लभशेरी गोविन्दन वैद्य भी साथ थे जिनसे स्वामी चिकित्सा के बारे में बात करना चाहते थे। वैद्य जी के साथ राइटर किट्टन भी थे। दोनों ने मिलकर स्वामी के समक्ष शिवगिरि तीर्थाटन के बारे में स्वामी से बात करने का निर्णय लिया था।

दोनों ने मिलकर शिवगिरि तीर्थाटन के बारे में अपनी बात रखी। उनका अनुरोध था वर्कला में स्थित शिवगिरि मठ ईऴवा समाज के लिए तीर्थाटन केन्द्र बन जाये।

राइटर किट्टन का अभिमत था कि "हिन्दुओं के अन्य पवित्र स्थानों में हमें प्रवेश करने की अनुमति नहीं। जो भी जाते हैं, उन्हें दण्ड मिलता है और अपमानित भी होना पड़ता है। इसलिए गुरु की कृपा से इस स्थान को पुण्य भूमि का पद प्रदान किया जाये।"

स्वामी ने मज़ाक़ में कहा–

"आप दोनों और स्वयं मैं–तीनों के मानने से शिवगिरि मठ का स्थान पुण्य भूमि की श्रेणी में हो जायेगा?"

"यदि आपका आदेश हो तो बीस लाख से अधिक लोग इसको स्वीकार करेंगे।"

"विश्वास है तो हमारी तरफ़ से आपको अनुमति दे रहा हूँ।"

"साल में एक बार शिवगिरि तीर्थाटन सम्पन्न हो, यही अनुरोध है।"

स्वामी ने कुछ सोचने के बाद कहा–

"यूरोपियन लोगों के वर्ष का आरम्भ जनवरी एक को, जो हमारे यहाँ के अनुसार पौष मास के सोलह, सत्रह तारीख़ को तय किया जाये।"

"क्या तीर्थाटन में आने वाले तीर्थयात्री को व्रत का अनुसरण करना आवश्यक है?

"दीर्घकालिक व्रत और कठिन उपवासों का पालन लोग आजकल नहीं करेंगे। दस दिन का व्रत। श्रीबुद्ध की पंच शुद्धि के साथ आचरण करना पर्याप्त है। वैद्य जी का क्या अभिप्राय है?"

"बहुत अच्छी बात।"

राइटर ने पूछा–"तीर्थयात्रियों के वस्त्र सम्बन्धी कोई नियम...?"

"सफ़ेद कपड़े गृहस्थों के लिए। संन्यासियों के लिए गेरुवा वस्त्र। तीर्थटकों के लिए पीला वस्त्र। श्रीकृष्ण और श्रीबुद्ध का वस्त्र।"

स्वामी ने दुबारा दोनों से पूछा–

"आगे कुछ पूछना है?"

"नहीं, कुछ नहीं..."

"श्रीबुद्ध की पंच शुद्धि से वैद्य जी परिचित ही हैं न?"

"जी हाँ!"

"बताइए..."

"शरीर-शुद्धि, आहार-शुद्धि, मन-शुद्धि, वाक्-शुद्धि और कर्म शुद्धि।"

"इसका पालन किया जाये। पीले वस्त्र से मेरा तात्पर्य यह नहीं कि वह रेशम का हो। नये कपड़े की भी आवश्यकता नहीं। जो वस्त्र उपयोग में है उस में पीला रंग चढ़ाना पर्याप्त है। तीर्थाटन के बाद उसको साफ़ करके फिर से उपयोग किया जा सकता है।"

"तीर्थाटन की यात्रा को आडम्बरहीन होना है। विनम्र भाव से सब रहें। ईश्वर का स्तुतिगान भक्तिपूर्वक किया जाता है। तीर्थ यात्रा के नाम आडम्बर और शोरशराबा न हो जिससे यह यात्रा मलिन हो। धन का अपव्यय नहीं करना चाहिए। कम-से-कम धन का उपयोग हो। कुछ लोग इसके नाम पर क़र्ज़दार हो जायेंगे। यह नहीं होना चाहिए। धन की बचत आवश्यक है। हमारा समाज शिक्षा, आर्थिक स्थिति और सफ़ाई के मामले में काफ़ी पिछड़ा है। इसका बदलना अनिवार्य है। बदलवाना भी अनिवार्य है।"

स्वामी ने ज़ोर देकर पूछा–

"अब कुछ पूछना बाकी है क्या?"

"नहीं!"

"इस तीर्थाटन का उद्देश्य क्या है?"

"उद्देश्य के बारे में आदेश किया गया है।"

"उसकी रीतियाँ और नीतियाँ उद्देश्य नहीं हैं। वैद्य जी आपकी क्या राय है? क्या तीर्थाटन का कोई उद्देश्य नहीं है?"

सभी चुप खड़े रहे। वैद्य जी भी।

स्वामी ने कहा–

"साल में एक बार कई प्रदेशों के लोग पीला वस्त्र पहनकर शिवगिरि पहुँच जायें। शिवगिरि और आसपास घूमने के पश्चात् स्नान आदि करके, खाना खाकर, धन का व्यय करके क्या प्राप्त कर पायेगा। कुछ नहीं प्राप्त करेंगे। ख़र्चा और मुश्किलें झेलने के अलावा कुछ नहीं। वह ठीक नहीं। प्रत्येक कर्म का उद्देश्य होना चाहिए।"

स्वामी ने आदेश दिया कि लिख डालें–

"शिवगिरि तीर्थाटन के उद्देश्य-लक्ष्य–

1. शिक्षा प्राप्ति, 2. सफ़ाई, 3. भक्ति, 4. संगठन-क्षमता, 5. खेती, 6. व्यवसाय, 7. हस्तकला, 8. तकनीकी प्रशिक्षण। इन विषयों के बारे में भाषणों का कार्यक्रम विद्वानों से कराना चाहिए। सभी लोग पूरे अनुशासन के साथ भाषणों को सुनें। जो सुना, उनको कार्य में लाना भी चाहिए। उनमें विजयी भी होना है ऐसे में जनता और देश की उन्नति होगी। ईऴवा समुदाय ही नहीं, ईऴवा समुदाय के माध्यम से सभी तबकों के लोगों की प्रगति ही वांछित है। इस तरह जीवन को अनुकरणीय बनाया जाना चाहिए। शिवगिरि तीर्थाटन का प्रमुख उद्देश्य यही होना अभीष्ट है।"

सबने ध्यानपूर्वक स्वामी की बातें सुनीं। उनके शब्द सौम्य थे।

लेकिन उन शब्दों में छलकती दृढ़ता भी अभूतपूर्व थी।

25

सबको सुनना स्वामी का स्वभाव रहा।

अपनी अस्वस्थता के बीच में भी वे सबको सुनते थे चाहे उनकी परेशानियाँ छोटी हों या बड़ी।

शिष्यों से स्वामी कहते रहे–

"उन्हें आने दो; वे अपनी परेशानियों के साथ आ रहे हैं। मेरे पास आते समय, मुझसे बात करते समय शायद वे अपनी परेशानियों को भूल जाते हैं। यह अपने आप में बड़ी दवाई है।"

"स्वामी, आप अस्वस्थ हैं। आपको आराम करने की ज़रूरत है।"

"फिर भी आने दो। उनकी आँखों की ओर एक बार देखना। उन्हें भरोसा है कि वे अपने दुख से, अपनी पीड़ा से मोचित हो जायेंगे।"

लोग आते रहे–अपनी पीड़ाएँ, अपनी समस्याएँ अवतरित करते रहे। स्वामी अपने भव्य आचरण से, सौम्य शब्दों से उन्हें स्वस्थ अनुभव कराकर भेज देते थे। हर दिन यह कार्यक्रम चलता रहा।

स्वामी का स्वास्थ्य बिगड़ता जा रहा था। उनका शरीर थक चुका था। उनकी दीप्त आँखें दूरियों को नापती नज़र आती थीं। वह कौन-सा क्षितिज है जहाँ उनकी आँखें टिकी हुई हैं। यह स्वामी का अपना क्षितिज था जो उनके साथ बचपन से चला आ रहा था। जब कोई नया ग्रन्थ वे पढ़ते तो उसमें वे लीन होते थे और उनकी आँखें दूरस्थ स्थित क्षितिज पर टिक जाती थीं। समाज से बहिष्कृत लोगों के साथ समय बिताते समय उन्हें यह क्षितिज समीप नज़र आता था। अलग-अलग मन्दिरों की स्थापना के अवसर पर स्वामी का यह क्षितिज आभा से पूरित होता रहता। मूर्तियों की जगह जब पहली बार स्वामी ने आईने की प्रतिष्ठा की तो उस समय स्वामी का यह क्षितिज उनके लिए अत्यन्त निकट उपस्थित अनुभव हुआ था।

परन्तु यही क्षितिज अब दूर-दूर होता जा रहा है। स्वामी की थकी आँखें क्षितिज को देख रही थीं।

1928–

श्रीनारायण धर्म परिपालन संघ (एस.एन.डी.पी.) का एक विशेष अधिवेशन कोट्टयम में सम्पन्न होने वाला था। अपनी संगठन-क्षमता के लिए प्रसिद्ध टी.के. माधवन संघ को प्रोन्नति के शिखर तक पहुँचा चुके थे। पचास हज़ार से अधिक लोग उसके सदस्य बन चुके थे।

श्रीनारायण धर्म परिपालन संघ टी.के. माधवन के सुनियोजित नेतृत्व में सक्रियता का परिचय दे रहा था।

स्वामी को यह सक्रियता अच्छी लगी।

अपने लोग शिक्षा में, व्यवसाय में तथा संगठन शक्ति में आगे बढ़ रहे हैं। यही उनके लिए हर्ष का विषय था।

टी.के. माधवन के विशेष अनुरोध पर संघ के विशेष अधिवेशन में स्वामी उपस्थित हुए।

नये ढंग से गठित एक सौ आठ संघ की शाखाओं को स्वामी ने पंजीकृत प्रमाण-पत्र प्रदान किये।

यही स्वामी का अन्तिम कार्यक्रम रहा।

उक्त अधिवशेन के बाद स्वामी वैक्कम के नज़दीक वेल्लूर मठ गये जहाँ वे आराम करना चाहते थे।

वेल्लूर मठ में रहते समय उनका स्वास्थ्य बिगड़ता रहा

उन्हें मूत्र-विसर्जन में कठिनाई थी। उसकी वेदना असह्य थी। अपने कुछ शिष्यों के साथ स्वामी आलुवा अद्वैत आश्रम पहुँच गये।

आराम करने भर से रोग शमित नहीं हुआ।

पालक्काट।

पालक्काट के एक प्रसिद्ध डॉक्टर ने स्वामी को चिकित्सा हेतु वहीं निमन्त्रित किया–

शिष्यों को डॉक्टर ने सूचना दी–

"स्वामी को लेकर अविलम्ब पहुँच जायें।"

स्वामी पलक्काट पहुँच गये।

मद्रास से डॉ. पण्डाला भी आ गये।

स्वामी बहत्तर वर्ष पूरा कर चुके थे।

बेहतर चिकित्सा के लिए डॉ. पण्डाला स्वामी को मद्रास ले गये। हेर्निया की तकलीफ़ से स्वामी का स्वास्थ्य ठीक नहीं हो पा रहा था।

बीच-बीच में बुख़ारग्रस्त होते थे। थकावट भी थी।

मद्रास में जो चिकित्सा स्वामी को मिली उससे उन्हें स्वास्थ्य लाभ अवश्य हुआ। फिर भी मूत्र विसर्जन की समस्या बनी रही।

पूरी तरह से स्वस्थ होने का संकेत डॉक्टर दे नहीं पा रहे थे।

स्वामी ने अपने शिष्यों से कहा—

"अब हम केरल वापस जाना चाहते हैं। आयुर्वेद की दवाइयों का सेवन करेंगे।"

यात्रा ने उन्हें परेशान किया। आयुर्वेद के वैद्यों का एक दल स्वामी की चिकित्सा में लगा हुआ था।

बावजूद इसके स्वामी का स्वास्थ्य बिगड़ता ही गया। बीच में एकाध दिन वे स्वस्थ दीखते थे बस।

उनके स्वास्थ्य के बारे में आयी अन्तिम रपट यही थी—

"स्वामी के शिष्य और भक्त-जन हमेशा उनके पास रहते हैं। उनकी सेवा में पूरी लगन के साथ ये मौजूद रहते हैं। आठ महीनों से बीमारी उनका पीछा कर रही थी। बीमारी ने स्वामी को थका दिया। चेहरे पर झुर्रियाँ प्रकट होने लागीं। इस बीच में हँसी-मज़ाक़ से युक्त बातें वे करते रहे। उन्होंने स्वयं सन्देह प्रकट किया कि लम्बे समय से जो ब्रह्मचर्य व्रत का पालन किया था, यह उसी का नतीजा है? जीवन की अन्तिम घड़ियों में स्वामी अतिरिक्त ढंग से शान्त दीखने लगे। अस्वस्थता मात्र उनके शरीर पर असर करती रही। उनकी आँखें शान्ति की नित्यता में केन्द्रित-सी होने लगीं। मुक्ति के पहले की अपार शान्ति उनके मुख-मण्डल पर झलकती रही।"

1928—

बारिश हो रही थी।

दुपहर के बाद बारिश कम होने लगी।

सूरज प्रकट होने लगा।

हवा में नमी आ गयी।

स्वामी ने शिष्यों से स्पष्ट शब्दों में कहा–

"हम शान्ति का अनुभव कर रहे हैं।"

"'दैवशतकम्' के श्लोक सुनना चाहते हैं।"

एक शिष्य ने मृदु-मन्द स्वर में प्रार्थना श्लोक का आलापन किया–

तेरी अपार महिमा की
अगाध जलधि में हमें
डूबना है, चैन से रहना है
नित्य ही रहना है, रहना है सुख से।

यह 'दैवशतकम्' का अन्तिम श्लोक था। उसे सुनते हुए स्वामी ने शान्तिपूर्वक आँखें मूँद लीं।

सभी यह सोच रहे थे–क्या यह एक युग का अन्त है?

या नये युग का आरम्भ?

सबके मन में एक ही विचार आया–

यह मनुष्यता के युग का समारम्भ है।

सभी नतशीर्ष खड़े रहे।

बारिश फिर से शुरू होने लगी।

बारिश की बूँदों की पट-पट की आवाज़ पत्तियों से आ रही थी। पक्षियों ने अपना कूजन बन्द कर दिया था।

अस्त होता सूरज पश्चिमी क्षितिज पर स्थिर हो गया था।

धीरे-धीरे सरकते हुए, डूबते हुए, अब सूरज का बिम्ब अदृश्य हो रहा था।

अँधेरा व्यापने लगा था।

❑❑